八月，那一夜

One August Night

［英］维多利亚·希斯洛普 著
王爱燕 译

中信出版集团｜北京

图书在版编目（CIP）数据

八月，那一夜 / (英) 维多利亚·希斯洛普著；王爱燕译. -- 北京：中信出版社，2025.6. -- ISBN 978-7-5217-6910-4

I. I561.45

中国国家版本馆 CIP 数据核字第 2024HA7432 号

ONE AUGUST NIGHT by VICTORIA HISLOP
Copyright © 2020 by Victoria Hislop
This edition arranged with Curtis Brown Group Limited
through Big Apple Agency, Inc., Labuan, Malaysia.
Simplified Chinese translation copyright © 2025 by CITIC Press Corporation
ALL RIGHTS RESERVED
本书仅限中国大陆地区发行销售

八月，那一夜
著者：　　[英] 维多利亚·希斯洛普
译者：　　王爱燕
出版发行：中信出版集团股份有限公司
　　　　（北京市朝阳区东三环北路 27 号嘉铭中心　邮编 100020）
承印者：　三河市中晟雅豪印务有限公司

开本：880mm×1230mm 1/32　　印张：8.5　　字数：175 千字
版次：2025 年 6 月第 1 版　　　　印次：2025 年 6 月第 1 次印刷
京权图字：01-2024-3710　　　　　书号：ISBN 978-7-5217-6910-4
定价：58.00 元

版权所有·侵权必究
如有印刷、装订问题，本公司负责调换。
服务热线：400-600-8099
投稿邮箱：author@citicpub.com

谨将此书与《岛》献给我挚爱的母亲
玛丽·哈姆森

（1927年5月28日—2020年3月17日）

第一章

怀孕这事儿，对有些女人来说是一个健康喜悦、满怀期盼的过程，对安娜·范多拉基斯而言却是一场苦不堪言、恶心呕吐的煎熬。医生叮嘱她，要想保胎，头三个月必须卧床静养。在一周又一周望不到头的日子里，她失去了活力，原本细瓷般的面庞不再莹洁，一头亮丽的长卷发也一把把脱落，失去了往日的光泽。

产科医生刚刚确认妊娠状况稳定，安娜的丈夫安德烈亚斯便拿出他的上等佳酿，请庄园里所有的工人前来品尝。一百多号人聚集在伊罗达丘陵间那座宅邸前面，为即将出生的宝宝举杯庆祝。大家都明白，这一家早该有个继承人了，而像范多拉基斯这样的家族，拥有如此庞大的家业，要想兴旺发达、长盛不衰，离不开传宗接代，延续香火。于是安德烈亚斯与安娜生儿育女的事情，就成了大家共同关心的话题。

安娜本人没有露面，而是透过卧室的细纱窗帘打量着外面，她注意到丈夫的堂弟马诺利是来得最早，也是走得最晚的那位。她的视线停留在他身上，一刻也挪不开。她确信，他也时不时抬眼望向自己，可即便如此，也无法减轻她心头最深的忧虑——她怕他早就把她给忘了。

整个孕期，安娜都没和马诺利相见，只偶尔在楼上窗口望一眼他的身影。她现在这么难看，怎好让她最在意的人看到呢？小宝宝还没出生，她就开始怨恨因宝宝而失去的一切了。

孕期最后几周，她再次卧床。胎儿胎位不正，后背抵着安娜的脊柱。分娩过程中撕心裂肺的疼痛，给她留下了心理创伤。宝宝生下来瘦骨伶仃，没日没夜地尖声哭闹，一刻也不消停，更是让她心烦意乱。身心俱疲的安娜明确告诉家人，她讨厌给婴儿喂奶，必须得给她找个奶妈。

孩子生下来了，可安娜对自己的厌恶却有增无减。几乎一夜之间，她由身材臃肿变得形容枯槁，镜中的模样连她自己都不忍直视。对于一位每天花几小时在镜前孤芳自赏的女子来说，这简直是从云端跌入污泥。相较于昔日那位明艳照人的绝色美女，如今的安娜可谓面目全非。她的变化也让安德烈亚斯惊慌无措，他问母亲埃莱夫塞里娅，这类产后的抑郁紧张状态，是否正常？他母亲只得说，算不得正常。安德烈亚斯的两个姐姐生孩子也没多久，可她俩产后立刻就沉浸在初为人母的喜悦之中。埃莱夫塞里娅本以为安娜也会这样。她尤其诧异的是，儿媳竟然不肯请自己的父亲来家里探望新出生的宝宝。虽说她自己也从来没有多么殷勤地款待过亲家，可一想到吉奥吉斯·佩特基斯竟然没有机会瞧一眼自己的头胎外孙女，她心里还怪不是滋味的。当然了，她想，考虑到亲家的二女儿玛丽亚得了麻风病，一直隔离在斯皮纳龙格岛上——几年前他妻子就死在那里——他还是理应品尝一点做外公的快乐。可话又说回来，这是安娜的决定，她自己是不会插手管这种闲事的。

宝宝出生十来天的时候，一天晚上，安德烈亚斯比平时回来得稍晚些。跟往常一样，他俯身在妻子脸上匆匆吻了一下，而她却把头扭开了。

"我去见过神父了，"他郑重宣布，"定下了洗礼的日子。"

安娜没法表示反对，她一直不肯出门，事情只能由安德烈亚斯一个人安排。在范多拉基斯家族，孩子出生后总要在几周内去受洗，哪怕晚一点也是有违家族规矩的。

"我还在想，该找谁做她的教父呢？"他冷不丁地说，"我觉得咱们该请马诺利。他本来就是自家人，除了他，我还真想不出将来有谁能常常陪在咱女儿左右。"

鉴于安娜和安德烈亚斯都没有很亲近的朋友，马诺利显然是教父的不二人选，只是这件事安娜自己并不想提。此时她几乎要喜形于色了。

"这想法太棒啦！"她说，"那你明天问问他好吗？"

几个月以来头一次，安德烈亚斯看到妻子的脸上浮现出笑容。

那天晚上，安娜硬着头皮照了照镜子，却被自己那副模样吓得往后一缩。那皮肤干枯蜡黄，双眼下沉着泛紫的暗影，曾经令她引以为傲的秀发，如今却稀疏暗淡，身体迷人的曲线也荡然无存。这让她大受刺激，可现在她有了动力，决心重新觅回自己极为珍视的容颜，那令她获得万千宠爱的美貌。洗礼仪式将会是她好几个月以来第一次与马诺利相见，也将是她产后首次在其他亲朋面前亮相。

这一动力足以让她精神振奋。她开始正经八百地吃饭，多多呼吸新鲜空气，涂抹最高档的面霜，还用橄榄油把头发按摩得重新焕发出光彩。很快她叫来裁缝，为出席洗礼仪式定制了一整套全新的行头。

对于镜子，她也不再回避，而是重新在镜前流连，虚荣心也随之满血复活。虽说与前几年相比，她现在依然消瘦，但乳房毕竟又丰满起来，同如今愈发纤细的腰肢形成鲜明的对比，这让她颇为得意。

她全心投入，为施洗仪式进行各种更实际的准备：安排宴席，布置鲜花，挑选音乐，给孩子准备各式小袍子，为客人挑选各种小礼物。这将会是一个盛大的场面，伊罗达教堂会被出席仪式的人挤得满满的，之后的欢庆宴会还要再邀请好几百号人参加呢。

九月末，定好的日子终于来到，安娜觉得已经准备停当。她焕然一新，为这一天的到来而感到异常兴奋。她定的那条连衣裙由猩红色丝绸缝制，凸显出她沙漏形状的身材，展现出她重新恢复的曼妙曲线。

她和安德烈亚斯带孩子来到教堂，此时里面已经座无虚席。前排落座的是范多拉基斯家族全体成员。一家之主亚历山德罗斯挺拔庄重，妻子埃莱夫塞里娅优雅端庄，只是面无表情，哪怕在这个特殊的日子里,她也拿定主意不露出哪怕一丝丝激动。安德烈亚斯的大姐奥尔加和她丈夫莱夫泰里斯中间坐着他们那四个不听话的孩子。二姐艾利妮把两岁的女儿揽在膝头,焦急地张望着寻找自己的丈夫,直到仪式进行到一半时,他才姗姗而来。

除了范多拉基斯一家,教堂前几排落座的还有为这个富有家族提供服务的一众人等:有为他家打理财富的银行家们,还有伊罗达、圣尼古劳斯和奈阿波利几座城市的市长和市议员们——奈阿波利堪称该地区的首府。这些人个个衣冠楚楚,男士们身着套装,女士们则身穿裁剪精致的长裙。他们身后是在庄园里干活的工人、土地管理人、农业设备供应商和牲畜供应商等人。这两拨人简直泾渭分明。前几排客人服装布料之考究、纺织之精细,与后排客人衣着之粗糙,形成了鲜明的对照。

范多拉基斯家族中只有一个人能与各色客人都打得火热,那就是婴儿的教父本尊。马诺利不同于那个大家族的其他人,他不只是能与银行家的太太们相谈甚欢,也可以同农场工人们聊得起劲。

安娜一步入教堂,所有人的目光都齐刷刷转向她。

"我的圣母啊,她穿的这叫什么呀?"奥尔加捂着嘴低声对妹妹说。

艾利妮也同样震惊。"想不到她会这么离谱。"她喃喃说道。

"这种场合竟然穿大红色,也太俗气了,是不是?"奥尔加接着说。

"可不是吗,"艾利妮说,"不过,就她那性格,也难怪……"

安娜选了套猩红色的礼服,是因为这种颜色配她恰到好处。她从没有像此时此刻这般艳光四射,这一点她自己也清楚得很。那袭妖冶的红裙衬着她白皙的肤色,加上深巧克力的发色,还有双唇上点染的明媚的樱桃红,形成大胆的对比——很少有别的女人涂樱红色唇膏能像她那样好看。

她的眼里,却只有马诺利。他们已分别得太久,此次重逢,即便隔了这么远的距离,二人也如同着了魔咒。他直愣愣地盯着她。

安德烈亚斯正要把孩子递给安娜。

"安娜,按照习俗……"他把白色的小襁褓递向她。

有那么一会儿,他妻子失了神,没有一点反应。

"安娜?"

她直盯盯地望着远处。

"安娜!"安德烈亚斯见妻子毫无反应,气哼哼地催促道。

安娜一阵慌乱,连忙接过女儿,抱在怀里,两腿抖得几乎站不稳。马诺利正向他们走来,准备在婴儿生命中最重要最神圣的时刻扮演主角。

他轻轻碰了碰安娜的胳膊,俯过身来,亲了亲小宝宝的脸蛋。

她深深吸了一口气,将他身上的气味吸入体内。这是香皂味?是田野的气息?还是他喜欢的那种牌子的甜烟味?要不是怀里抱着孩子,她怎么才能抑制住抚摸他头发的冲动呢?但此刻,他们停下,准备沿过道前行,她觉出他的西装上衣蹭着她裸露的胳膊,那感觉足以令她意乱神迷。

透过眼角余光，安娜见马诺利匆匆瞟了她一眼，她知道，那是一道爱慕的眼神。

"咱们该过去了，"安德烈亚斯不耐烦地说，"大家都等着呢。"

一位神父身穿华丽辉煌的长袍，头戴刺绣精美的高帽，站在洗礼盆旁等候。他手持一柄金色牧杖，颏下一部长髯几乎垂到腰际。两位助祭侍立两侧，穿着较为朴素，被神父那高大威严、仪表堂堂的形象衬得有几分矮小。

三人开始沿过道前行，安娜居中，她娇艳动人，宛如一朵怒放的玫瑰；身旁两位男子，身着黑色套装，俊朗帅气，颇有贵族气派。两人一样的打扮，看起来比平时更像了，像到令人惊异的程度。

婴儿被安娜抱在怀里，裹在白色蕾丝襁褓中，正甜甜地酣睡，浑然不知马上就要遭受一场痛苦的冲击。然而，一切马上开始了：身上的衣物被剥了个精光，被一次次浸入洗礼盆，被涂抹上圣油，被剪掉头发，之后又穿上衣服。眼前烛光闪烁，婴儿被抱着转了一圈又一圈，被人传过来传过去——从母亲手中，递到神父手中，又递到教父手中——耳畔回响着没完没了的不知什么圣歌，鼻中弥漫着一股股怪怪的气味，光这些就足够把孩子吓坏了，更别说后面其他的繁文缛节了。

在洗礼仪式的第一阶段，索菲娅——这是孩子受洗的名字——一直在哇哇大哭，哭声几乎将神父的祈祷声完全淹没，唯有片言只语偶尔压过啼哭，传到众人耳中。直到马诺利将一只漂亮的金十字架系到她脖子上时，那哭声才第一次稍稍停息了片刻。

那十字架是马诺利作为教父送给宝宝的正式礼物。

安娜笑了,心里想,看来这孩子和她妈妈一样,喜欢漂亮的首饰啊。她希望马诺利注意到,自己今天戴的正是他在她圣徒纪念日[1]时送她的耳环。

在洗礼仪式的后半段,马诺利几乎一直把宝宝抱在怀里。此时宝宝安静多了,当神父抖开一条白丝带将二人缠绕在一起时,她出神地凝视着教父。经过九十分钟,仪式终于全部结束,一大群人熙熙攘攘涌出门外,很高兴终于走出了那座闷热的教堂。阳光下,他们闹哄哄地聚在一起,等待接下来的社交活动。许多人是第一次见到索菲娅,尤其是女人们,都想就近看看她。马诺利被女人们围定,怀里抱着襁褓中安静下来的宝宝,显得极为自豪。

"好漂亮的棕色眼睛,跟她父亲的一模一样。"好几个人都这样说。

"而且她肯定会跟她妈妈一样长一头浓密的头发。"其中一个说道。

"就是呀,看她小脑袋上已经长出卷发啦!"另一个人附和道。

"她真美啊!"

"好漂亮呀!"

"多完美的宝宝呀!"

"呸、呸、呸!"马诺利假装吐口水。大家都知道,不管什么

---

[1] 圣徒纪念日(Saint's day),也叫作命名日(Name Day),在希腊等东正教国家,孩子往往以某位圣徒的名字命名,人们会隆重庆祝与自己同名的圣徒的纪念日,邀请亲朋好友聚餐,真正的生日反而不太受重视。——本书注释均为译者注

夸奖，都难免引起魔鬼的注意，而吐口水正是转移魔鬼注意力的传统做法。

安娜站在不远处望着马诺利，一边还跟父亲吉奥吉斯说着话，想劝父亲参加晚上的聚会。吉奥吉斯本不愿意去，他在范多拉基斯一家面前总觉得不自在，这不仅是因为他是个地位低微的渔夫，更让他抬不起头来的是他与麻风病人的瓜葛。最初，他妻子死于斯皮纳龙格岛的事是瞒着安娜婆家的，但二女儿确诊麻风病，被送到斯皮纳龙格岛上隔离生活，这消息却是瞒不住的。虽说这一豪门望族想办法埋藏了对安娜的偏见，但他们毫不掩饰对她父亲的轻视。这一家一致认为，与他保持距离才是明智之举。

吉奥吉斯终于答应会在庆祝活动上待一小会儿。安娜看起来很开心，满意地走开了。她现在准备走了。

这时大家安静下来，摄影师将宝宝的父母和教父招呼到一起，安排他们站在教堂台阶上合影。安娜抱着索菲娅站在中间，安德烈亚斯和马诺利分立两侧。这是一张正式照，作为这个大日子的幸福留念。紧接着，安德烈亚斯开车把安娜和宝宝送回他们位于伊罗达丘陵高处的家里。那是一座宽阔敞亮的房子，坐落在橄榄园中间，俯瞰着大家族几千英亩土地中的一部分，而土地只是这个家族庞大产业的一小部分。

自从搬进这座房子，安娜便开始大修大改，不仅是室内装饰，还有室外改造。她让人把房前那块地平整了，种成草坪，聚会就在这块草坪上举行。摆满鲜花的隔板桌排成几长排，每排桌子中间都摆上葡萄酒和拉克酒[1]。附近的树下，一队厨师正转动烤架烤着山羊。

几百名客人涌到草坪上来。他们三三两两站在提前准备好的自助餐周围，无拘无束地大吃大喝起来，不少人毫无节制，吃相贪婪。大多数宾客都与范多拉基斯家族有生意来往，觉得他家的宴席就该丰盛，于是吃得也理直气壮。

从教堂一回到家里，安娜就把宝宝交给奶妈。宝宝睡着了，这段时间不需要她照看。

吉奥吉斯属于最后一拨到达的客人，他局促地环视人群，找寻认识的人。玛丽亚的挚友佛提妮注意到他一个人站在那里，赶忙和哥哥安东尼斯走过来。这两家人关系密切，吉奥吉斯瞧见他俩，露出笑容。在布拉卡，他经常在佛提妮家的小饭馆见到佛提妮，但安东尼斯他却有一阵子没见了。

"你还好吗？"他亲热地问，"可比以前更帅啦！"

"帅是帅，"佛提妮戳了戳哥哥的胳膊，"只是帅过了头，对他自己也没什么好处。"

毋庸置疑，安东尼斯是这次聚会中最帅的男子。他还是小孩子时，无论是谁，只要看到他那双棕色的大眼睛，都会被他迷住。那是一双杏眼，栗子色。

"他还特别挑剔！"她笑话他，"换了别人，孩子早都该洗礼了，可他对女孩子都不带正眼瞧的。"

---

[1] 拉克酒（Raki），由葡萄和大茴香酿制而成的高度酒，度数一般在45度左右，在地中海地区最为有名。

"佛提妮……"安东尼斯和气地反驳道,"才不是呢,我就是没找到合适的,如此而已。"

"你是在等那个合适的人,对吧?"吉奥吉斯替他解围,"婚姻大事不可操之过急,否则会抱恨终生的。"

接下来的几分钟,吉奥吉斯问起安东尼斯在庄园里做的工作,提了各式各样的问题。这份活儿强度很大,但显然很适合安东尼斯。在德军占领克里特岛期间,他曾在抵抗运动中英勇作战,历练出非凡的耐力和体力。对他来说,干体力活儿稀松平常,而且正如吉奥吉斯观察到的,与以前相比,安东尼斯更平添某种神明般的气度。

马诺利穿过人群走过来,和他们聊了起来。在过去几年里,他和安东尼斯结为莫逆之交。起初,安东尼斯对他还存有戒心,但渐渐发现两人志趣相投,尤其是他俩都酷爱音乐,于是常在一起演奏,安东尼斯吹木笛,马诺利则演奏里拉琴[1]。

吉奥吉斯恭喜马诺利当上教父。他和大家一样,看到安德烈亚斯和他堂弟马诺利站在一起,不禁为二人如此相像而诧异。这俩人身高都将近两米,比一般克里特人高,都长着浓密的棕发和高高的颧骨,唯一不同是安德烈亚斯下颌稍宽。但二人神态举止却判然有别,连陌生人都能看得出来。马诺利天生爱笑,眼角有深深的笑纹,而安德烈亚斯则阴沉木讷,就连他微驼的肩背也透出一股子严肃劲儿。

---

[1] 里拉琴(Lyra),指克里特里拉琴,类似小提琴的拉弦乐器,一般为三弦,不同于更为人熟知的里拉琴(Lyre),即诗琴,是七弦的弹拨乐器。

此刻，乐手们开始演奏，第一支曲子是庄重的慢步舞曲，是人人都可以加入的八步舞。安娜房前的草坪很大，足以让一百个人围成一个圆圈，此时他们正围成一圈。一旦第一圈人满了，就在第一圈内围第二圈，紧接着是第三圈，直到最后围成四个同心圆。伴奏的乐手共有十位：两位拉里拉琴，三位弹拉乌托琴[1]，两位弹吉他，一位拉小提琴，一位敲塔波鼓[2]，还有一位弹曼陀林[3]。他们的合奏浑厚而丰富。下一支舞是复杂的十五拍舞，可连这支曲子大家也都知道，刚才还在跑来跑去到处乱窜的小孩子们，此刻也插进成人的舞队中，自信地随着他们起起落落的动作，绝不会迈错步子，仿佛这些舞蹈他们在娘胎里就学会了。

吉奥吉斯觉得这会儿是离开的好时机。他看了一会跳舞，又和安娜婆家人客套了几句，便趁人不注意，悄悄离开，走路回家去了。

中间，马诺利受安东尼斯鼓励，到卡车上拿来他的里拉琴。他坐下来，左手握住那精巧的三弦乐器，右手运弓拉弦。那乐器在他那双大手中显得那么小巧，但是从中发出的乐声又那么响亮，顶着拉乌托琴坚定的扫弦声，巧妙地稳稳地奏出旋律。乐声如泉流奔涌，越来越快。他一气演奏一个多小时，一点儿没有停歇。

乐手们似有无穷无尽的耐力，音乐如溪水一般，在客人间蜿

1　拉乌托琴（Laoúto），源于希腊的长颈弦乐器，属于鲁特琴类，有四组复弦，共八根弦，以长琴拨弹拨，音色多变。

2　塔波鼓（Tabor），一种带响弦的双面小鼓。

3　曼陀林（Mandolin），又译作曼陀铃，源于意大利的弹拨乐器，属于鲁特琴类，琴颈较短，有四组复弦，共八根弦，用拨片演奏，声音清脆美妙，空灵纯净。

蜓流淌，仿佛在寻找着缝隙，以便逃逸到四周的丘陵之中去。马诺利凝视着不远处，尽管他坐在那排乐手的末尾，却仿佛置身于音乐的中心，成为众人瞩目的焦点。

大约晚上十点钟，一位知名歌手出场了。那一刻，整个夜晚被点燃，给这场晚会注入了疯狂的欢庆气氛。

后来，马诺利跳起了泽贝吉克舞[1]。观众围拢过来，欣赏他展示杂技般的转身和单脚旋转动作。很显然，他是在炫耀舞技，而非表达这种舞蹈通常所传达的痛苦。

安德烈亚斯基本上整晚都穿梭在不同客人中间，感谢他们出席活动，感谢他们送给索菲娅礼物。偶尔，他能瞥见妻子的身影，看到她在笑。这是将近一年来他第一次看到她如此轻松愉快。他想，她终于恢复到以前的样子了。

一旦舞蹈开始，他就再也觅不到她的身影了，只偶尔瞥见一抹红色。当大圆圈旋转起来时，他才能相对清晰地看到她的面容。她仿佛如痴如醉，臣服于舞之精灵的威力之下。

从这样的狂欢中缓过劲儿来，需要好几天时间。秋天将至，庄园里有很多活儿需要人干，但工人们都有点懒洋洋的。

"这只能怪老板自己，"安东尼斯对马诺利说，"聚会上酒比水还多。"

---

[1] 泽贝吉克舞（Zeibékiko），又称鹰舞，一种希腊男子跳的传统即兴舞蹈，没有固定舞步或节奏，舞者往往情动于衷而即兴起舞，伸展双臂如鹰展羽翼，常有跪地后仰与旋转等动作，展现出极大的情感张力，表达舞者无以言表的感情。

"好像都让我们喝得一滴不剩",马诺利笑起来,"接下来就得酿今年的新酒啦!"

几周后便是收获葡萄的季节,接下来就是蒸馏,酿造烈酒,为这岛上一场又一场的狂欢提供燃料。

这对朋友坐在布拉卡的咖啡馆里。干完一天的活儿,马诺利来到这里,把他的里拉琴重新挂回到吧台后面的墙上。这把琴常年挂在这里,他常常应布拉卡朋友们的要求即兴演奏。

"它是我唯一的爱。"他经常开玩笑说。

洗礼仪式上,安娜在马诺利身边舞蹈,心中燃起与他鸳梦重温的渴望。他矫健的身姿,他跳舞和拉琴时展现的勃勃生机,让她欲火中烧。她开始制造与他单独相处的机会,两天后,她的愿望圆满实现了。

那天白天,奶妈带小索菲娅出门散步去了,要去很久。这宝宝很不安生,尤其是在洗礼之后的那几天里,只有抱着她不停走动或者用婴儿车推着晃着,她才能入睡。

那天下午,安娜无拘无束地享受着快乐。天气很热,窗户洞开,马诺利捂住她的嘴,免得让人听到她的呻吟声。在极度狂喜中,也在他们做爱时经常出现的近乎狂暴的情绪中,她狠狠咬住他的手指。

"安娜!"

当她发出最后一声克制不住的喘息时,他也快乐地呻吟着。

有一阵,他们一动不动地躺着,身下的床单潮乎乎的,已经揉搓得起了皱。

安娜的乌发在枕头上扇面般铺开，马诺利捏起一绺缠在手指上把玩。

她转过头看着他。

"离了你，我真的活不下去。"她呢喃道，声音低到只有他能听到。

"你不需要离开我，我的爱。"他轻声说。

第二章

在随后一年里，安娜和马诺利逐渐形成每周密会几次的习惯。如今马诺利是孩子的教父，他比以前更有理由来家里串门了。来看索菲娅是他的绝佳借口，可他却总是掐好时间，赶在午饭的点儿去，这时候孩子正好被奶妈带着出门散步。此外他还有一个便利条件，就是他清楚安德烈亚斯什么时候需要到锡提亚或伊拉克里翁去见客户。

现在安娜活在当下，顶多考虑未来两三天的事，要不就是想着马诺利下次是什么时候来。她不想为下个月或明年的事操心。她只知道，自己从来没有比现在更快乐过。

一天上午，安娜正惬意地翻着杂志，管家瓦西拉基斯太太在擦拭靠墙摆放的家具。安娜哼着小曲儿，亮光纸杂志上展示着秋季时装。她要定制几件新礼服，约了裁缝下午上门来量尺寸。眼下正时兴一种紧腰、裙摆大到夸张的款式。她知道这种款式会凸显她的好身材，何况她现在又丰满起来了。裁缝会带样布过来，她已经打定主意，要定三条同一款式的裙子。

她身子探过椅背，把一张图片给瓦西拉基斯太太看。

"这样式太适合您了，安娜夫人！"管家兴奋地附和道，"再说，您现在一天更比一天美了！"

人人都注意到安娜最近脱胎换骨般的变化。她的脸颊又红润起来，头发也闪闪发光，看起来比怀孕前更美了。

"医生是能帮不少忙，但要我说呀，我觉着您以前是遭了凶眼了。"

安娜经常觉得她这管家的乡土智慧和封建迷信有点招人烦。瓦西拉基斯太太深信，有人往往出于嫉妒，向别人施以"凶眼"来下咒。在她看来，人人都得防着"马蒂"[1]，也就是"凶眼"的侵害。她自己不戴上那个蓝色玻璃护身符是绝对不会出门的，她相信那东西可以保她免遭七灾八难。

话题一扯到健康上，瓦西拉基斯太太简直如鱼得水，话匣子一打开就关不上了。

"要知道，不是每一种病都有药可医的。"她接着说道。

安娜继续看她的杂志，她可没闲心听管家发表那套对草药疗法和人体健康的高论。她得研究一下活褶、碎褶和领口，好为下午的事做准备，而管家喋喋不休，令她无法专心，她不禁烦躁起来。

"但有一种病，医生们不厌其烦地想办法，"瓦西拉基斯太太

---

[1] 马蒂，原文为 máti，是用英语字母转写的希腊语。

继续说道，"那就是麻风病。他们一试再试，一直在寻找疗法。"

安娜出声地叹了口气，巴不得这女人赶紧走开。

"而且我听说，说不定已经有进展了呢！谁能想得到？几千年了，这病不知道害死了多少人，现在他们居然在大谈特谈**治愈的方法**！"

安娜胸口猛地一下抽紧，几乎喘不上气来。她一动不动地坐着，汗津津的手抓住杂志，直把纸页攥得皱皱巴巴。

"要知道，连我都相信，有些病，就算草药也无济于事。以前人们试过好几个世纪了——蛇油啦、仙人掌萃取物啦，各种办法，可从来没有一种办法见过效。但是，这些了不起的医生却从没放弃过，真是了不起，对吧？他们就是一试再试……"

家具表面已经打上蜂蜡，擦得锃亮。瓦西拉基斯太太不把家具擦到能照见自己的影子是不会满意的。最后她又用羽毛掸子拂了拂那架精致的时钟，抚平梳妆台上的蕾丝桌布，再把靠垫拍拍松，才算完活儿。安娜僵坐在那里，一动不动。

"安娜夫人，您还需要什么吗？"管家问，"要是这儿没别的事儿，我就去准备午餐了。小地毯我晚点儿再来清理吧。"

安娜摇摇头。她早已经听够了，只想让这个可恶的女人赶紧离开房间。她把杂志往面前桌子上"啪"地一摔，拼命控制着身体的颤抖。

瓦西拉基斯太太不经意的几句话令她坠入焦虑的深渊。麻风病要是找到了治愈方法，那才是她最大的噩梦呢。这意味着她妹妹玛丽亚要从斯皮纳龙格岛回来了。

安娜全部身心爱着的那个男人，同玛丽亚订过婚。她被恐惧攫住，担心自己与马诺利的关系，如今岌岌可危。

裁缝和助手一大早就搭公交车从伊拉克里翁往这儿赶，等到了，却得知主顾夫人身体不适。这之前安娜对瓦西拉基斯太太说自己偏头疼犯了，她回到自己房间，拉上了窗帘。

接下来的二十四小时，她一直躺在床上，被管家的话折磨着。但第二天快中午的时候，她想起马诺利答应过要来的。想到这，她强打精神下了床，穿上自己最喜欢的一条连衣裙。

她精心化了妆，戴上心爱的项链，扣好相配的耳环，再在脖子上喷了些香水，才走下楼梯。屋子里一片寂静，只有时钟嘀嗒作响。奶妈带着索菲娅出门散步去了，瓦西拉基斯太太下午也请了假。

安娜坐在餐桌前浏览当天日报的头版。报纸摆在那儿，是等安德烈亚斯从庄园里回家读的。安德烈亚斯是个按习惯行事的人，每晚回到家第一件事就是看报纸。报纸上的内容对安娜来说没什么意思——燃料价格上涨，某位她从未听说过的政治人物逝世，还有更靠北的某些岛屿发生了轻微的地震。

她把瓦西拉基斯太太新做好的一壶柠檬汽水和两只玻璃杯摆在桌上，然后坐下等待。时钟敲响两下，之后似乎又过了很长很长的时间，她才听到门闩一响。马诺利竟然比她预期晚到了七分钟，这让她颇为恼怒。她直挺挺地坐着，一动不动。迎接马诺利的不是她灿烂的笑脸和张开的双臂，而是她的背影。

安娜闹脾气，马诺利早已司空见惯，他也从不担心，因为他通常都能化解。

"下午好，我的爱。"他轻松地说。安娜没理他。

他见安娜假装在看新闻头条，便悄悄从餐具柜上的花瓶里抽出一枝花。

安娜感到脖子后面痒痒的，却仍执拗地一动不动。马诺利俯过身，手指抚摸她的后颈，同时拿过花，滑进她的乳沟。安娜呼一下转过身，僵持的决心瞬间瓦解了。

那天下午安娜与马诺利做爱时，对他的触摸反应极为热烈。想到妹妹快要回来，她的回应与平时相比更有种火山爆发般的激烈，她的指甲狠狠划过他的后背，感觉像是插入了他的皮肤。

之后他们静静躺了一会儿，安娜把手放在他胸口。然而只过了几分钟，恐惧就再次涌上她的心头。她不是一个有自控力的人，便把管家的话告诉了情人。

"这么说，你认为一切都不会改变？"她追问道。有关麻风病可以治愈的传闻使她感到一种难以消除的不安。

"你到底是什么意思，我的宝贝？"

"我的意思你当然明白！要是他们……要是他们回来了，一切就会不一样了。"马诺利意识到她在担忧什么。安娜真正指的不是"他们"，而是"她"。现在到处风传麻风病快要发现治愈办法了，他也听到过一些传言，说就连畸残最严重的病人都有可能回来与大家一起生活了。可安娜在意的只有一个人。玛丽亚也一直在马诺利的脑子里，但他一直克制自己不去想她会重新回来的事，以及她回来后将对他的生活会造成什么影响。他相当肯定，就在安娜的妹妹去斯皮纳龙格岛的时候,他和她就已彼此放开,虽说两人从没正式宣布终止婚约。

他近乎粗暴地把安娜往身边一拽,在她唇上印下一个长长的缠绵的吻。他感受到她在他身下放松下来。

"答应我,别再担心了。"他柔声说道,"咱俩什么都不会变的。小宝宝的教父哪儿都不会去。"

"是小宝宝的父亲吧……?"安娜回应。

"那有谁说得准?"马诺利打断她,"她是我的小瓦夫提斯提拉,我的小教女。我是她的精神之父,这才是最重要的。"

虽说他们做爱时尽量小心,但安娜和马诺利都知道,孩子的父亲是谁,没有办法百分之百确定。孩子与安娜生活中的两个男人都有相似之处,堂兄弟二人反正如此相像,这事也不奇怪。马诺利偶尔也会琢磨,但更愿意将怀疑抛到脑后。安娜则似乎更愿意相信,情人才是这孩子的生父。

但是马诺利想让安娜放心,即便玛丽亚回来,他们的关系也不会结束。自己是不会同得过麻风病的人结婚的。

他又吻了她一下,开始那天下午的第二次做爱,比之前更加狂暴。直到楼下索菲娅被从婴儿车里抱出来时的大声哭闹最终打断了他们。

马诺利慌忙跳下床,匆匆穿上衣服。他贴在门口听了一会儿,回头看着床上情人那完美无瑕的裸体,他笑了。

安娜慵懒地抬起一只手放在唇边,向他飞了个吻。

马诺利转过身,提起他那双沾满尘土的靴子,蹑手蹑脚地下了后楼梯，离开了房子。

安娜又躺了一会儿才起床，在墙角的盆中洗漱一番，从衣柜里挑出件干净衣服穿上。大家都知道范多拉基斯夫人下午总要睡一觉，所以女仆不指望很快见到她。她尽量把床单抻平，在拍松枕头时，注意到其中一只上面有个小小的红点，那是马诺利的血迹。她换下枕套，丢进洗衣篮，又去放床品的抽屉里找出一个干净的换上。

几个月过去了。安娜变得难以满足，她激情四射，又感情冲动，这些凑在一起，令马诺利难以抗拒。想到麻风病真有可能治愈，她的恐惧便与日俱增，情绪也越来越紧张。不管马诺利怎么劝慰，安娜一想到玛丽亚回来可能带来的后果，心便不断被恐惧咬噬着。恐惧和愤怒愈演愈烈，使她情绪变得狂躁不安，行为也不近情理。马诺利来找她时，她甚至不在乎窗户是开是关，他走后也不关心是否该整理一下床单。简直可以说，她其实希望他俩的婚外情被人发现。

说来说去还是那个问题——万一玛丽亚回来呢？安娜没完没了地绕着同一个问题打转，而马诺利无论怎样保证，都没法让她明白他的态度。他得向她保证多少回，她才会相信他绝不会抛下她去找她妹妹复合呢？这想法本身就荒谬至极，但却如同一只蛆虫，钻进她的皮肤内，在里面产卵，繁衍不息。

马诺利只能无奈地忍受着安娜对这一问题喋喋不休的逼问。一般情况下，他对情人有近乎魔法般的掌控力，可一碰到这个问题，他也束手无策了。

第三章

那年夏天的一个傍晚,马诺利坐在布拉卡的咖啡馆外享用第二瓶拉克酒。他深爱海湾的景色,但对于斯皮纳龙格岛上的景象,一般他不会多想。

吉奥吉斯正驾船向村子驶来。小船滑过海面,留下一串迷人的涟漪,如同犁过的田地一般均匀。

马诺利注视老人在下面把船系好,从码头爬到岸上来。吉奥吉斯去岛上送货回来后,马诺利常请他喝一杯,两人总会聊上几句。吉奥吉斯罕言寡语,感情内敛,但他今天看起来比平时开心,连脚步中都透着点春风得意。

他只问了句:"你听到那说法了吗?"

马诺利点了点头,两人碰了下杯。

马诺利想起几年前的某个时刻,吉奥吉斯来到酒吧。他记得当时老人面色苍白,肩膀佝偻着,还记得他避开自己的眼神,说出了关于玛丽亚的可怕消息。现在回想起来，那时他最真切的感觉是对老人的悲悯之情，除此之外，并没有别的想法。他可怜的是吉奥吉斯，而不是自己。

马诺利本来一直坚信自己深爱过玛丽亚，但最近几个月，他有很多时间反思这段感情。毫无疑问，玛丽亚同他以前交往的所有对象都迥然不同，但对他而言，她的纯洁无瑕不过是一种挑逗，他被她的贞洁所吸引，盼望有朝一日会得到她的童贞。这期待令他颇为享受，而当她在自己生活中消失时，他感到的是难过，并非伤心欲绝。他相信是命运之手将玛丽亚从自己生活中抹掉了。

如今回想起来，他当时的心情近乎如释重负。他以前从未想过自己会每天与同一个女人同床共枕，他清楚，与她恋情的开始也意味着某种结束。

尽管马诺利不愿承认，在他与玛丽亚关系的最深处，还潜藏着另一种满足，那就是激起她姐姐的怒火。一想到安娜的妒火在隐隐地持久地燃烧着，总让他一整天心里都美滋滋的，也让他们最终的相恋愈发如火如荼。

马诺利和吉奥吉斯简短聊了几句关于麻风病可能治愈的消息。

"希望这事能搞成。"吉奥吉斯说完便站起身。这是他的习惯，从不久留。

白天的暑热到晚上依然没有消退，马诺利像平常那样，脱掉衣服，从岩石上跃入水中，游了一阵后才回家。开车回去的路上，他的头发还湿漉漉的，皮肤上析出一层细细的盐。

接下来的几天,气温开始攀升,空气中连一丝风都感觉不到。海天一色,波平如镜,树也纹丝不动。

那周晚些时候,安德烈亚斯邀请马诺利到家里共进晚餐。整个家族,包括安德烈亚斯的姐姐奥尔加和艾利妮,两位姐夫加上外甥、外甥女,一大家人聚在一起,庆祝奥尔加的圣徒纪念日,场面十分热闹。

晚餐前,大人们浅酌一杯。奥尔加的三个儿子都还不满七岁,他们在楼梯上和走廊里疯跑,父母根本管不住。最大的男孩装作土耳其人,挥舞着从家里带来的木剑追逐两个弟弟,直到将他们一一击倒,接着下一轮游戏重新开始。这男孩头脑中迄今能够铭记的唯一史实,是他的国家经过几次战役,终于从土耳其四百年统治之下获得解放。这为他同弟弟间的暴力游戏提供了数不清的花样。

奥尔加和艾利妮的女儿都四岁了,她俩坐在一块地毯上开心地玩耍,除了玩儿玩具,还可以拿索菲娅玩儿,给她编辫子。一个活生生的洋娃娃比那种长着硬邦邦的塑料脸和直瞪瞪的玻璃眼的洋娃娃要有趣多了,父母没看着的时候,俩女孩都玩得忘乎所以。突然间,那个活的洋娃娃哇哇大哭,引得那两个女孩也哭起来,索菲娅被奶奶抱去睡觉,两个小女孩都被打了下手心,于是又是一阵大哭。

即便有孩子闹腾,马诺利也很高兴能当着全家人的面见到安娜。他清楚她觉得这种场合很尴尬,而他则乐于看到她的尴尬。

那一晚,大家都衣冠楚楚,很不舒服。亚历山德罗斯和他的两个女婿穿着西装外套，女士们则穿着极漂亮的晚礼服。马诺利穿了一件洁白的衬衫，他的目光经常瞟向安娜，她身着翠绿色丝绸衣裙——象征嫉妒的绿色很适合她。

大家坐下来用餐时，孩子们已经安静下来，安娜却神经紧绷。不仅是女孩的哭哭啼啼和男孩的吱哇乱叫令她烦躁，还有关于麻风病治疗的传闻也令她一直惴惴不安。

如果说那一晚安娜有些紧张，那么马诺利也有些不安。工人中间传播的消息经常是最新也是最准的，他知道的，安德烈亚斯也从工人那里了解到了。没有什么比口口相传更快，而且一如既往，什么事要是登上了本地报纸，其实早就已经传得尽人皆知了。

安德烈亚斯展开餐巾铺在膝上，马诺利知道堂兄要说什么，禁不住屏住呼吸。

"他们好像终于取得了进展！"安德烈亚斯郑重宣布，"他们准备把麻风病人送回家，有几个人已经痊愈了。"

虽然安娜还没有碰食物，嗓子还是被噎了一下，这成为她离开餐桌的极佳借口。

安德烈亚斯跟着妻子离开房间，消失了十分钟。

"她不会有事的。"等他终于回来时，他告诉大家不用担心。他想笑笑，却没笑出来。

"过了这么多年自己妹妹终于要回家了，她肯定相当震惊吧？"亚历山德罗斯说道。

"你是说是意外的惊喜吧？"埃莱夫塞里娅夫人问，"安德烈亚斯，她肯定很高兴吧？""我相信她们团聚时肯定会很开心的。"马诺利淡淡答道。

"想象一下她们的父亲是什么心情吧！"埃莱夫塞里娅欣喜地合拢双手，接着说。

埃莱夫塞里娅一直有点愧疚。在索菲娅的洗礼上，他们对吉奥吉斯·佩特基斯不够热情，可她又不敢表现得过于友好，怕丈夫不愿意。亚历山德罗斯·范多拉基斯心中一直有强烈的忧虑，害怕与斯皮纳龙格岛上的远亲扯上关系。或许现在情况有点转机了。

安德烈亚斯又去看了看妻子，回来的时候告诉大家，她现在感觉好些了，过会儿就下来。就在汤匙甜点[1]摆上桌，大家再次为奥尔加举杯，齐祝"长命百岁"之后，马诺利立即借故告辞，说自己有点中暑，而且在田里干了一天活儿，累坏了。但真正原因是，安娜不在场，他也不愿意久留。他得尽快再见她一面，再次向她表明，玛丽亚回来不会影响他对她的爱。

第二天，天气愈发酷热，范多拉基斯庄园笼罩着一片昏昏欲睡的气氛。大家干活都慢腾腾的，在温度飙升到最高的三个小时里，男人们在树荫下打起了盹。暑热让人们眼皮沉重，四肢像灌了铅，就是想让他们回去干活也办不到。葡萄收获季节到来前的这几周十分关键，安德烈亚斯要求所有人都加班加点，甚至要他们一直干到太阳落山后，可他也不能不让工人们午休。

那天下午，马诺利知道安娜在等他，他想坐下休息一会儿，结果同其他人一样被睡神勾走了魂儿。他和工人们一样卖力干活

---

[1] 汤匙甜点（Gliká tou Koutalioú），希腊人用来待客的传统甜食，用糖水或蜂蜜熬制的应季水果或蔬菜，盛在碗或小盘中用汤匙舀着吃。

儿，这些日子还在庄园里扮演着不可或缺的角色，充当这片广袤肥沃的葡萄园、橄榄园和农田的主人与在这些土地上劳作的所有人之间的一座桥梁。

马诺利是六年前来到这里的。在此之前，他在欧洲浪游十年，挥霍掉祖父留给他的一大笔钱。马诺利已故的父亲是家中长子，也是这个大庄园的继承人，但他英年早逝，土地便传给了亚历山德罗斯·范多拉基斯。于是自然而然，以后还会传给安德烈亚斯。马诺利对此并无怨恨，而且无论境遇如何，他都热爱如今的生活。

"假如神明愿意，历史还会改写呢。"有一次他对朋友安东尼斯说。马诺利听天由命，从不怨天尤人，这让安东尼斯感觉颇为费解。

马诺利前几年把时间都用在四处游历、泡女人、享受人间极致快乐上面。这些都是他自己的选择，他也片刻不曾后悔。实际上，他觉得那些从没像他那样在巴黎、罗马或巴塞罗那闯荡过的人才是可悲呢。

回到克里特时，他身上只带了一把从小珍藏至今的里拉琴。旅行途中，这件宝贝不只用于娱乐，还经常为他挣钱糊口。在法国和奥地利的许多城市，没有人听过像他的琴声那样纯净得宛如歌声般的音乐，也没有人听过哪种乐器音色如此醇厚柔和，既与小提琴难以分辨，又不同于小提琴，再加上几乎无人听得懂的歌词，他的音乐令听者痴迷。

他虽囊空如洗，却带回了范多拉基斯家族其他人所缺乏的一种技能——与人打交道的本领。无论对方是老还是幼、是穷还是富，是饱学之士还是目不识丁，他都能跟人家打成一片。这是一个人见人爱的男子，连动物也会迷恋他，据说他一吹口哨，野山羊便会围绕在他身旁，一群热情的流浪狗也常追随在他身后。

马诺利的母亲生下他便去世了，父亲离世时他也才五岁。亚历山德罗斯和埃莱夫塞里娅·范多拉基斯将他抚养成人，视如己出。尽管如此，他刚回到庄园时，亚历山德罗斯还是决定要考验考验他，看他是不是打算在这里踏踏实实干下去。在亚历山德罗斯看来，单靠家族姓氏并不能让他有资格自动获得这份工作。他像对待其他新员工一样给马诺利派了活儿：他得证明自己。

马诺利被人带到一块荒地上——在范多拉基斯家族广阔的庄园中，有的是这样未开垦的边边角角——看他能干出什么名堂。没几天，他便施展出体力和耐力，将这片土地开垦了出来。但是最让他叔叔刮目相看的，是他竟然能招别人来帮他干活。人人都愿意帮他的忙。这种罕见的魅力，其价值是无法用金钱衡量的。

没过多久，马诺利就开始管理庄园里的工人。苦活累活他和工人们一起干，不仅是因为这样能激励工人，还因为他自己也乐在其中。

安娜不明白，马诺利干吗非要和工人一样干那么长时间的活儿？他难道不是老板吗？那一天她不想为他爽约找借口。他就该和她在一起。她变得越来越不近情理，日复一日，马诺利在他们午间约会时间露面的次数越来越少，而她也丝毫不掩饰自己的怒气。

伊罗达宅邸的气氛十分紧张。尽管最简单的解释是安德烈亚斯要求所有人加班加点，可马诺利一再爽约还是把她快气疯了。她茶饭不思，无心打扮，想劝她对小女儿多上点儿心，也都是白费口舌。不消说，她也懒得对丈夫做任何解释，而且渐渐卧床不起了。

安德烈亚斯给母亲打电话，取消了同父母共进晚餐的约定。埃莱夫塞里娅·范多拉基斯对丈夫说出自己的猜想。

"你还记得她第一次有喜的时候多难受吗？"

亚历山德罗斯心不在焉。

"她病了？"

"是有**宝宝**啦，亚历山德罗斯！"埃莱夫塞里娅着急地嚷道，"我觉得她八成儿是**怀孕**了！"

"哦！"亚历山德罗斯多了点兴趣，"但愿这次是个男孩。"

埃莱夫塞里娅绝望地摇摇头。

"我相信，等她想说的时候就会告诉我们了，"她说，"但至少这能解释她现在的行为。"

那一周，马诺利和安东尼斯有几晚在咖啡馆逗留到深夜。两人沉迷于双陆棋和一瓶又一瓶的拉克酒。还有一晚他们弹琴唱歌，玩了个通宵。只要马诺利一拿起他的里拉琴，便没了时间观念。有观众的欣赏和鼓舞，有安东尼斯的木笛伴奏，经常还有另一个人拉乌托琴合奏，他能自拉自唱，一口气玩上几个小时。

一天晚上，他点了杯冰啤酒，打算只待一小会儿。前一晚他一直演奏到天亮，没睡觉直接下地干活去了。咖啡馆里的人他一般都认识，但那晚却有两张生面孔。那两个男人一起坐在角落里，显然是朋友。在这样的小地方，陌生人不融入大家的谈话，有些不同寻常，但这二人好像并不在意遭人冷落。他们是主动坐在暗处的。

咖啡馆老板格里戈里斯走过来，把马诺利要的啤酒放在桌上。马诺利背对着陌生人，但格里戈里斯太了解他这位客人，读懂了他询问的眼神。

"他们提前放出来了。"他压低声音说道。

这说法立刻让马诺利联想到监狱。

"他们是最早接受药物治疗的，"格里戈里斯接着说，"已经治好了。"

那两个男人听到老板的话，其中一个悄悄站起身，向马诺利走过来，他无意惊吓谁，但赫然出现在身边的这个男人，还是令马诺利瞬间生出一阵惊恐，他忽地站起来，转身对着他。

"范多拉基斯！"那人叫道。

马诺利听这声音有些耳熟，但其他一切都很陌生。他本能地往后退了一步，掩饰不住心中的嫌恶。

"帕纳约蒂斯·阿波斯托拉基斯。"

帕纳约蒂斯见老熟人一脸茫然，便又重复一遍自己的名字。

马诺利这才想起来，有个姓阿波斯托拉基斯的人曾在伊罗达开过一家小酒馆，他从前去过很多次。

那人向他伸出手来，马诺利见那只手缺了几根指头。他没有料到自己会感到如此厌恶。他把自己的手插进裤兜，又往后退了一步。

帕纳约蒂斯·阿波斯托拉基斯身材依然壮硕，容貌却是难以辨认了。他曾经是位美男子，两撇帅气的八字胡连马诺利也曾为之艳羡。如今他却谢了顶，头上没有一根头发，脸上没有一根胡须。

马诺利的目光越过阿波斯托拉基斯的肩膀，看到他的同伴。那人容貌损毁得更加严重，脸上有深深的疤痕，耳朵肿胀。看他那空洞的眼神，马诺利推测他眼睛也瞎了。

他拼命想按捺住心中的厌恶，可还是鼓不起勇气伸过手去，不过阿波斯托拉基斯已经把手放下了。

"这么说……"马诺利勉强开了口，但口干舌燥，说不下去。

"我们是最早……"

格里戈里斯从他们身边经过，给另一桌上菜。

"他们是第一批尝试新药的人！"咖啡馆老板兴致勃勃地说道，"差不多也是最早回家的！"

马诺利勉强挤出了一丝笑意。

"是吗，这真是好消息！"他说道，但语气中并无喜悦。他伸手端起桌上的残酒，一仰头喝干，便匆匆离开了。

他爬进卡车，发现自己的手在哆嗦，费了好一阵才将钥匙插入点火开关。等他终于发动引擎时，看到远处的吉奥吉斯，他猛打方向盘，掉转车头，避免与老人擦肩而过，随即轰然开走。

一路上，他一遍又一遍自问同一个问题。现在玛丽亚也会变成那副模样吗？她会没有鼻子吗？她会没有手、没有头发吗？他拼命想让自己不把她想象成那副样子，却无济于事。

第二天，马诺利得知安德烈亚斯去了伊拉克里翁，便突然造访了安娜。刚见面的一个小时左右，她为他冷落了自己这么多天而怒不可遏。她与他在客厅里对坐，却一直不肯与他对视。

"别生我气啦，好吗？"他恳求道。

他起身走到她身前，像祈求恩典般跪在她脚边，握住她的手。她唰一下抽了回去。

"你知道我有多爱你。"他恳切地说。

她沉默了一会儿，嘴角冒出一抹顽皮的笑意。

"那你得证明一下。"她娇媚地说道。

索菲娅被奶妈带出门了，他们知道，至少在接下来的一小时内，整座房子都是属于他们的。

即使窗户大开着，他俩也没有听到，安德烈亚斯的车子开回来过，又开走了。

那天晚餐时，安娜心情愉快，话也多起来。可无论她说什么，安德烈亚斯都恶声恶气。

"你今天怎么这么别扭？"她问。

就在他们快要吃完甜点时，索菲娅进了房间，奔向父亲，想要爸爸把她抱到腿上。这几晚天气太热，孩子睡不着，常在父母吃饭的时候下楼来。

"回屋睡觉！"安德烈亚斯厉声喝道，一把将孩子推开，"赶紧去！"

"爸爸!"索菲娅叫了一声,跌坐在地板上,"爸——爸——啊——!"孩子受到冷落,号啕大哭起来。

"安德烈亚斯!"安娜惊叫,"你这是怎么回事?!"

她抱起索菲娅,搂在怀里,但怎么哄都不管用,满屋子都是孩子撕心裂肺的抽泣声。

安德烈亚斯走出房间,砰一声摔上门。又过了好几个小时,索菲娅才平静下来。那晚她睡在妈妈床上,安德烈亚斯则到房子另一头的房间里睡去了。

那个星期随后的几天里,安德烈亚斯几乎不着家,在庄园里对工人的态度也特别暴躁。马诺利与他打过几次照面,安德烈亚斯劈头盖脸地训斥他,说他没有达到要求,管理橄榄园不够尽心。堂兄苛刻的态度让马诺利大为不安。显然,他应该暂时避开他,但安德烈亚斯的态度为什么产生了180度转变,这个问题折磨着他。

安德烈亚斯的粗暴态度,加上对玛丽亚回来的隐忧,使马诺利变得异常沉默。庄园里的工人们都注意到这一点,便拿他打趣。虽说他是老板的亲戚,但大伙儿一直没把他当外人。

"马诺利,不和我们一起去玩玩吗?"下午快收工的时候,安东尼斯问他。

"他要去别处解渴呢!"有人戏谑道。

"啊……是个女人。"另一个人压低声音说道。

"恋爱啦……他爱上可心人儿啦。"又有一个人悄声说。

马诺利的沉默并非否认。他当然在恋爱,但就连与他最亲密的安东尼斯也不知道那女人的身份。几年前曾疯传马诺利与安娜有染。安东尼斯想,假如那说法靠谱,过去这么多年,他俩的关系想必早该成为过去时了吧。

工人们都自以为了解马诺利,大多数周六晚上,他会和朋友、同事们在伊罗达聚会。那是一个屋舍分散、无序扩张的渔村,有十几个酒吧和同样多的小餐馆,是个消磨时光的热闹去处。马诺利和工友们一样,同当地女孩亲亲热热地打情骂俏。

他们今天看到的马诺利不同往常。他不再是那个和他们说说笑笑的马诺利,大伙儿都明白,现在最好别惹他。

他转过身,不睬他们,继续狠劲儿砸着新栅栏的桩子,好像一身蛮劲儿没处使似的。其他人则各自忙着手中的活儿。

这些天,"麻风病人""治愈""药物""斯皮纳龙格岛"这些词语一再出现,躲都躲不开,如同密密麻麻的蜜蜂一样弥漫在夏日的空气中。病人从岛上撤离的最终计划正在展开,拉西锡州城镇村庄的街谈巷议几乎不外此事。

在奈阿波利那座富丽堂皇的宅邸中,埃莱夫塞里娅与亚历山德罗斯·范多拉基斯在一次晚餐中同儿子儿媳也谈起这一话题。

"咱们家本来没必要去参加那个……呃……那个场合,"亚历山德罗斯犹犹豫豫地开了口,"但是你们得代表全家去走一趟。"他指的是即将在布拉卡举行的庆祝活动。

"尤其是考虑到咱们两家的关系……"埃莱夫塞里娅附和道。

安娜沉默地坐着。

"去，我们当然去，"安德烈亚斯不耐烦地说道，"安娜，你说呢？"

他妻子呆呆地盯着面前没有碰过的餐盘，勉强点了点头。她并没有抬头，所以没有人能读出她的表情，但她绷紧的肩膀清楚表露出她此刻的心境。

第四章

在长达五十年时间里，布拉卡村民一直对麻风病患者的苦难袖手旁观。对他们而言，8月25日将是一个历史性时刻，几乎所有人都希望为这一天而庆祝。几十年来，村民们对同自己一水相隔的麻风病隔离区既感到恐惧，也感到同情，甚至还从中捞得了些油水。整个拉西锡州都因与那座小岛毗邻而既获益也受累。他们很乐意向麻风病人出售商品，可又担心被他们感染，有时还会嘀咕几句：传染病菌会不会从海上飘过来呢？

吉奥吉斯并不是唯一与斯皮纳龙格岛有切身关系的人，还有不少人因亲人的一纸诊断，因为那个可怕的消息——"十分遗憾地告知你……"——于是生活天翻地覆。

就在布拉卡村，与吉奥吉斯的妻子伊莲妮同时送到斯皮纳龙格岛的迪米特里·里莫尼亚斯的兄弟们正在焦急地等待着。迪米特里离家将近二十年，从那时起，他的兄弟们生活稳步发展，娶妻生子，还在当地经营着红红火火的生意。他们发愁，迪米特里怎样才能融入他们的生活呢？

村里有一对夫妇，十五年前，他们的独生女儿被诊断出麻风病。当时她只有九岁，此刻她父母正等待着与她团圆。她不仅已经长成了大姑娘，说不定还破了相。恐怕岁月与疾病早已把她变成了一个地地道道的陌生人。

其他家庭，像阿波斯托拉基斯家住在伊罗达，也有很多人家在本地区最大最重要的城市奈阿波利。有些病人的家很远，在伊拉克里翁、干尼亚，甚至在雅典这样遥远的城市，八成并没有什么亲人在等他们。有的人在诊断出来的当天就被所有亲戚朋友抛弃，还有不少麻风病患者，亲人已先于他们撒手人寰。

随着病人回归的日期渐近，没有哪个人的情感不为即将发生的事而触动，且不论是出于恐惧还是喜悦。这次庆典将是该地区有史以来规模最大的一次，以纪念这一永远不会重现的时刻。对于在场的每个人，这将是一个欢庆的夜晚，一个骨肉团聚的夜晚，一个重归故里的夜晚。

在人们为迎接斯皮纳龙格岛上病人大规模回归进行准备期间，马诺利虽然反复劝慰自己，心中还是不时会泛起一阵不安。他怎么能确切知道玛丽亚没有期待自己去迎接她呢？

他知道安东尼斯的妹妹佛提妮很勇敢，时不时会去斯皮纳龙格岛探望，不知道玛丽亚有没有和她说过什么。就在麻风病人离岛前的一天，马诺利同安东尼斯一起查看葡萄藤，他试探着提起此事。他希望自己的声音没有泄露出内心的焦虑。

"她能离开那里,不用说很激动啦!"安东尼斯说。

"那肯定的。"马诺利淡淡地答道。

"佛提妮说她几乎没什么变化,听说她得的麻风病只是最轻的那种。"

"那挺好。"马诺利口气很淡漠。这些信息并没有减轻他内心难以摆脱的忧惧。要是玛丽亚相貌没有变化,那她就更有理由以为他们可以恢复婚约了。

举行庆典那天的上午,马诺利开车穿过布拉卡,看到男人们在树上挂灯,在树与树之间拉起彩旗,孩子们把学校的椅子搬到广场上,妇女们则摆好长桌,将鲜花扎成花束。他看到佛提妮和她丈夫吃力地端着大盘大盘做好的食物在街上走着,还有些人抱着刚从山坡上采来的新鲜野菜。面包师正把一盘盘金黄的面包从小货车上卸下来。

那天收工后,马诺利在布拉卡匆匆喝了一杯。下午的时候,一艘艘船从岛上驶过来,只是那一幕他没有见到。此刻他看到那小小的港湾内挤挤挨挨地泊满了船,各式各样、新旧不一的船并排停放着,多得难以计数。

他回家冲了个澡,几小时后又回到村里。很多车辆早已到了,他只好把车停到比较远的地方。此时已是晚上九点左右。他并没有急着来,来也只是出于好奇,而非热心。

他从没有在布拉卡见过这么多人。所有人都面向同一个方向,观看已经开始的舞蹈。音乐嘹亮欢快,不跳舞的人则鼓掌打着拍子。没有人注意到马诺利。通常来说,他是众人瞩目的焦点——

他也希望引人注目——但今晚，他却要遁入背景之中。

他认出在咖啡馆遇到过的阿波斯托拉基斯的朋友，见一位老妇人毫不犹豫地握住那人的残手，领他走入舞蹈的人群。

这里有很多生面孔，有些瘸了腿，有些毁了容，但这类人要远少于正常人。孩子们在跳舞的人群间钻进钻出，在圆圈的边缘跑来跑去，圆圈先朝一个方向转，随后又朝另一个方向转，那景象一派欢乐祥和。

马诺利衣兜里装了一瓶拉克酒，他一边呷着酒一边细细观察。健康的人和刚刚恢复健康的人混在一起，摩肩接踵，难以分辨。换作其他任何庆祝活动，他都会从附近咖啡馆的墙上取下他的里拉琴奏上一曲。今晚，虽然音乐令他血液沸腾，他却没有走上前加入派对的想法。

这期间，他一直在寻找一个人。没过多久，他就找到了。他首先找出了安东尼斯，接着看到了佛提妮，知道玛丽亚不会离得太远。最后，在数百张面孔中，他发现了她。毫无疑问，那就是她，没有丝毫改变，但她身上有种他无法辨认的东西。每隔一会儿，随着大家舞完一圈，她脸上便会焕发出比所有光更灿烂的光彩，他眼中的她也就愈发清晰。她笑得如此明媚，如此光彩照人——他不记得以前见她这样笑过。

过了一会儿，舞蹈暂停。马诺利继续观察。越过人群的头顶，他看到玛丽亚在广场另一侧，坐在她父亲和一个男人之间。那男人身着考究的套装，灰白的头发理得整齐利落。马诺利记得有几次见到那人坐在吉奥吉斯的船上。老人曾提到那人是位医生。玛丽亚和那位医生正低声交谈，两人低着头凑在一起。接下来发生的事出乎马诺利意料。那位灰白头发的男人站起来，玛丽亚紧随其后，两人从广场上消失了。

马诺利注意到二人离去的方向，便绕过广场后面的巷子，瞥见他俩正沿着通往教堂的街走着，随后他们在教堂门口停了下来。

他悄悄靠近，但依然小心地躲在几辆卡车后面，与他俩保持着大约五十米的距离。音乐又起，虽说与广场隔了一段距离，可乐声还是淹没了那两人谈话的声音。只见那男人伸出双手，搭上玛丽亚肩头，把她拉向自己身边。然后，他吻了她。

马诺利只觉得一个激灵顺着脊梁骨蹿了下去。就在一天前，玛丽亚还在斯皮纳龙格岛上，一个麻风病人。而此刻，一个男人——一名医生！——正在用自己的嘴唇，触碰她的嘴唇！

那吻虽然短促，却足以令他心中充满震惊和厌恶。很快，这对男女就回到广场上。

好一阵子，马诺利钉在原地。他简直如释重负，因为现在他可以肯定玛丽亚不指望他什么了。他靠在一个轮胎上卷了一支烟，小心地环顾一下周围，确保没有人会看到他点烟的火或他烟头的光。

玛丽亚可能已经找到自己的爱情，知道这一点，让他生出勇气。抽完这支烟，他就会在庆祝会上露面，欢迎她归来，而且说不定还会取来他的里拉琴，玩儿个通宵。

他从衣兜里掏出那瓶拉克酒，仰头灌下一大口，站起身。现在他准备好要庆祝一番了。终于，安娜肯定会相信，她妹妹不会构成任何威胁了。

突然之间，天空被烟花照亮，众人都举头仰望。现在是神不知鬼不觉混入人群的绝佳时机。

他刚抬脚从隐身处走出，忽见一辆熟悉的黑色轿车驶了过来。

马诺利一下愣住了，他从没想过安娜和安德烈亚斯会来。他太了解安娜了。他的这位高傲的情人绝对不会牵起一只陌生人的手翩翩起舞，要是那只手还因麻风病而畸形，那就更是连想都别想。他本以为她要再过一两天才会露面，跟妹妹打个照面，那才更符合她的行事风格。

那辆铮明瓦亮的豪华轿车驶过他身边，马诺利瞥见乌黑的头发、苍白的肌肤和红艳艳的嘴唇。安娜头往后仰着，正在大笑。他看到她那张开的大嘴，一排白亮亮的牙齿。只是一闪而过，但这不是他熟悉的安娜的表情。那龇牙咧嘴的笑脸令他有点毛骨悚然，看起来就像一个假装开心的二流女戏子，他的心被一阵不安猛地刺了一下。很显然，她和安德烈亚斯并没有注意到他。

趁着安德烈亚斯驶过广场去找停车位，马诺利慢慢向人群走过去。大家依然仰着脸望向天空。越过人群，越过海面，空无一人的斯皮纳龙格岛被千百万颗照亮夜空的火花点亮。

他躲在暗影中。这不是他的做派，但在安娜与妹妹重逢的时刻，他只想做一个旁观者。从他立足之处，他能看到庆祝会，还有堂兄那闪闪发亮的轿车的车尾。他在等待副驾驶的车门打开。

烟花一个接一个蹿上天空炸开。然后停顿了片刻，在那一连串的巨响之后，那停顿仿佛一种近乎超自然的静寂。几只拉乌托琴再次奏响，所有人又聚在一起跳起舞来。

　　片刻之后，啪、啪两声巨响，震裂了空气。那声音短促而尖厉。人们举头望向天空，以为烟花表演又要开始，但天上什么也没有。早些时候，庆典刚开始时，有人曾鸣枪宣告欢乐时刻的开始，就像在婚礼和洗礼上一样。但这两声枪响不一样，声音更闷。有几个人听出刚刚是手枪射击的声音，便走出人群寻找声源。

　　乐手们只听到自己演奏的声音，在之后那段瘆人的时间内，他们仍继续演奏。后来他们匆忙用胳膊肘你捅我我捅他，只有一位耳背的老乐手，浑不知周围发生了什么，继续弹着拉乌托琴，直到最后有人把他手中的琴拿开才停下。

　　马诺利也听到了声音，加快了脚步，但依然隐在暗处，等距离那辆车不到二十米远时，他见安德烈亚斯慌忙下车，朝相反的方向——向村外跑去，转眼间消失了。

　　马诺利僵在了原地。

　　人们开始向那辆车涌过去。有人打开副驾驶车门，但安娜并没有下车，没有像他想象的那样，理一理衣裙，绽放出她那自负又甜美的微笑。有人喊叫，有人倒抽一口冷气，还有女人发出尖叫声。接着，密密层层的人群分开，给一个人让路，那人走到车前——正是马诺利见到与玛丽亚一起的银发男子。人们往后退，在凯迪拉克周围腾出一块空地，当那个身体被从车里抬出来时，有些人转开眼，不忍直视。

　　马诺利比大多数男人都要高，他的视线越过他们的头顶，看到了那一幕。当人群蜂拥围向汽车时，马诺利看到六个人，其中有安东尼斯,逆着人群方向沿街跑去。肯定是他们中有人注意到安德烈亚斯,发现了他逃跑的方向。在这么小的村子里,不用多久就会找到的。

许多妇女四散躲开,低声抽泣,互相拥抱寻求安慰,倒是孩子们依然被好奇心驱使,伸长脖子,对眼前的景象表现出残忍的兴趣,想看清毯子上那个人是谁。

是安娜。

马诺利看到玛丽亚走上前去,后面跟着她的父亲,他跪倒在女儿的尸体旁。

马诺利看到一袭淡蓝色衣裙,上面沾满鲜血,一团凌乱的乌发铺散在地上。玛丽亚跪在姐姐身边,握住她的一只手,轻轻抚摸着,嘴里喃喃说着什么。吉奥吉斯被两个男人架起来,身子来回摇晃着。

"我的上帝……我的上帝啊……啊,我的上帝啊!"他一遍又一遍大声哭喊着,在身上画着十字。

那位银发男子将手指放在安娜的眼睑上,轻轻为她合上双眼。马诺利心中腾地蹿起一团怒火。这男人是谁,竟然敢碰她?

他拼命想靠近她,他身体的每根骨头都渴望抓住她,把她带到山里,远离这地方,远离这些人。安娜是他的女人,她曾经多少次对他说,她是他的,只属于他一人!安娜,他美丽的安娜。他从未像此时此刻这样如此强烈地想占有她。

有那么一刻,他头脑中浮出一幅画面:自己冲上前去,将她紧紧拥入怀中,再给她深情一吻,令她起死回生……眼前看到的这一切不可能是真的，这怎么可能发生？就在刚刚，他还看见她来着，她还在呼吸。而此刻躺在街上的那具尸体一动不动，这不可能是安娜。绝对不可能。

马诺利从现场退后几米，退进一个黑暗的门洞里，待了一会儿，他觉得自己喘不上气来。此刻，他哭得浑身抽搐，全身起伏着，哆嗦着。村子里重新响起的喧嚣淹没了他的呻吟，那呻吟不像从人类嘴里发出的声音，而更像是动物的哀号。

他双手抱着头，蹲在地上。等他终于抬起头，他看到安娜的遗体被人用毯子小心裹好，抬走了。他整个人都木在那里，因为痛失恋人，因为悲痛与震惊。这些情感并非他所熟悉的，他只觉得冷，从头到脚透心彻骨的冷。

他抿了一小口拉克酒，稍微暖和了一点，但身体仍剧烈地打着寒战，仿佛置身于寒冬腊月阴冷的黎明。他不知道自己在暗影中躲了多久，才等到人去街空。

当他确定没有人看到他时，才从藏身的门洞里出来，走了起来。明知不该，可他还是忍不住停下脚步，望着安娜曾经躺过的地方。此时这里空无一物，灰尘上没有一丝血痕，也没留下任何印记。树与树之间悬挂着的欢庆的彩旗，简直像对他发出讥笑。桌子仍然摆在那里，上面散落着那一夜的废弃物。

发生过如此惨剧，若立即清理残局，仿佛是对死者不够恭敬。但到头来，村里的男男女女终究还是要强打精神，将一切收拾干净。

此时旭日东升，一道光低低地照过来，什么东西闪了一下。

马诺利向前迈了几步，又回头看一眼，确保四下无人。他弯下腰。没错，就在鹅卵石路上，有一只显眼的耳环。几年前，他在安娜的圣徒纪念日送给她一副耳环，这是其中一只。耳环华丽的吊坠上镶着亮晶晶的海蓝宝石，虽说不如安德烈亚斯送给她的任何一件首饰值钱，但她却爱不释手，每逢特殊场合总要把它戴上。

他拾起耳环，迅速放进裤兜，随后匆匆走了一段路，钻进停在路边的卡车。他心中有了打算。

开车上山回家的路上，马诺利脑海中不停地翻腾着，他反反复复地想象安娜的最后时刻。只有上帝和安德烈亚斯才知道她说了什么，但马诺利坚信，安娜说的就是他自己，马诺利，正是他断送了安娜的性命。如今他失去安娜，唯有独自苟活于世，想到此，他几乎痛不欲生。

虽然他并没有扣动扳机，但仍然自觉责任在他，安娜的死，他难辞其咎。他不会受到审判，可他知道，谣言会像旱季的山火般四处蔓延。突然间，他同情起昨天离开斯皮纳龙格岛的那些人。他将同他们一样，永远带着耻辱的印记。

他在伊罗达的美好生活就此戛然而止。

回到家，他跑上楼，将几件衣服塞进包里。沉吟片刻，又想起最上面抽屉中藏着的一卷德拉克马。他最后扫一眼卧室，瞥见架子上两张镶框的照片。他用指甲沿着其中一张背面的封印划了一圈，取出里面父母亲泛黄的照片，放在包里衣服的上面。旁边那张是洗礼时拍的：安德烈亚斯，安娜抱着索菲娅站在中间，还有他自己。他把照片从相框里扯出来，塞进衬衫口袋里。

马诺利刚离开家一会儿，一辆卡车从另一个方向驶来。是安东尼斯。

前一晚，正是他带领搜捕队找到了安德烈亚斯。安东尼斯依然铭记他作为抵抗德军游击队队长的岁月，立即赢得伙伴们的尊重。他也清楚逃跑的人一般会藏到哪儿去，怎样才能抓住他们。他把六个人分为三对，派他们朝不同方向搜索。这几个人都很年轻，身手矫健，不到十分钟便形成包围圈，找到他们要找的人。

安德烈亚斯蜷缩在教堂的门廊里，手里还握着手枪，但看样子更可能把枪口对准自己，而不是瞄向别人。他像胎儿般蜷成一团，惊恐万状，浑身颤抖，安东尼斯命他放下枪，他立即乖乖服从，任凭两个人把他押回到村子广场上。

是安东尼斯捡起了那把枪。有那么一会儿，他思量着要趁安德烈亚斯被押走的时候朝他后背开上一枪。但对于一个残忍杀害自己妻子的人来说，这么死就太便宜他了。安东尼斯痛恨他的老板。在过去的十年中，他对这个他为之效力的男人一直怀着刻骨的仇恨，他没有一天忘记，是安德烈亚斯·范多拉基斯夺走了他心爱的女人。

从他记事起，安娜就是他生命的一部分。两家人来往密切，他俩从孩提到少年，几乎天天见面。在参加抵抗运动期间，他无休无止地想念她，他展现出的英雄气概不仅出于爱国热情，还因为希望荣归故里时能赢得她的爱慕。每个夜晚，当他头枕石块睡在崎岖不平的地上时，脑海中都会勾画出安娜得知他无私壮举的那一刻。等他身心俱伤地回到家乡，乡亲们为迎接参加抵抗运动的全体战士举办了欢庆晚会，直到此时，他才终于得偿所愿，将她拥入怀中。那一晚，他俩溜出布拉卡的庆功聚会，偷尝了初吻。

而就在同一天晚上，安德烈亚斯·范多拉基斯出现在村子里。如果说他是来寻找伊罗达最美的女人，那他算来对了地方。安娜就在那里，刚刚跳过舞，又与安东尼斯偷偷接过吻，因而脸色绯红，美丽动人。

第二天，安德烈亚斯命安东尼斯给安娜送一封信，于是形势急转直下，对安东尼斯十分不利。他明白，如果服从命令，他会亲手断送自己得到安娜的机会，可他却无法拒绝。除了对发誓替他保密的佛提妮，他从没向任何人提起，自己的希望如何被点燃，又如何被浇灭，而告诉别人，只会让他更觉耻辱。

那时候，安德烈亚斯是安东尼斯的老板，十多年后依然如此。去别处很难找到更好的工作，而范多拉基斯庄园待遇优厚，从他憎恨的人手里领取薪水对他来说也并不为难。他喜欢在田里干体力活儿，喜欢每天同发小儿们在一起，喜欢与现在的挚友马诺利相处——马诺利的到来给这个小圈子带来了勃勃生机和许多欢乐。但安东尼斯对安德烈亚斯·范多拉基斯的愤怒从未消退，他觉得安娜也心知肚明。有时候工人们应邀去老板家庆祝葡萄丰收或酿造拉克酒，此时安娜也会出面，看到安东尼斯在场她难免尴尬，而她的尴尬相却令他颇感快意。

安娜知道安东尼斯还一直单身。多年来，佛提妮想方设法给哥哥和朋友以及亲戚的朋友牵线搭桥。安东尼斯相貌十分英俊，有雕刻般的颧骨，长长的睫毛围绕着那双深不可测的深褐色眼睛。

甚至连他脖子上那条伤疤也令潜在的对象们刮目相看，那是他在德据时期被德国子弹擦伤留下的疤痕。她们都觉得这位战斗英雄帅气迷人，但他身上有些东西也让她们望而却步：他态度粗鲁，也许性子还太直了。他从不讳言自己对婚姻不感兴趣，明确表示根本不打算结婚。大多数女孩都不想浪费时间，所以很快都放弃了他。

"行啦，安东尼斯，很多女人想找丈夫，而且需要丈夫。"佛提妮会说。

"可我不需要妻子。"他会反驳。

他容忍了妹妹的努力，有时又觉得她这样煞费苦心很好笑，但他俩都清楚，布拉卡或附近村庄里没有哪个姑娘能比得上安娜。

"你别这么挑三拣四了！"每次谈到最后，佛提妮基本都会这么说。

那天早上，安东尼斯只睡了几个小时，醒来后脑子里冒出一个印象：昨晚他根本没见到马诺利。他这位朋友说过要去布拉卡参加庆祝活动，却没有同其他人一起去，这似乎有些怪。错过这样热闹的场合，不像是他会做的事。

把安德烈亚斯移交给警察后，安东尼斯又给亚历山德罗斯·范多拉基斯打了电话，告知他儿子被捕。搜捕队的成员们事后在酒吧里一直坐到凌晨，猜测到底发生了什么事。其中一个男人当时说的一句话，此刻突然跳进安东尼斯的脑海中：

"希望他没把他堂弟也一块儿杀了。"

这话当时听来荒谬，现在却让他心烦意乱，他得马上去马诺利家看看。

马诺利的卡车不在，很显然他出去了。安东尼斯试了一下门闩，门居然开了。

他以前从没进过这所房子，不了解这位朋友平常的生活状态。但看到厨房里乱七八糟，桌子上到处是面包屑，还有半瓶打开的葡萄酒，他倒也不意外。楼上卧室的景象更能说明问题，看起来就像被打劫过一样，衣柜里的衣服被拽出来扔在床上，所有抽屉都被拉开，而且里面都空了。

安东尼斯走近五斗柜，拿起柜顶上一个翻放的相框。相框里空了，照片被拿走，另一个也一样，空空的相框如同被蒙住的窗户。显然，马诺利已经走了。

床上的被子没有叠，安东尼斯在床边坐了一会儿。说安德烈亚斯杀了马诺利，本来好像没什么道理，可他现在相信，马诺利大中午不见了踪影，很可能是陪安娜共赴黄泉了。他一直希望他俩的绯闻不过是谣言，但他认识安娜这么多年，知道这种事她完全可能做得出来。

过了一会儿，他离开那座房子，开车赶往布拉卡。他说不清心里是什么滋味，但意识到自己并不为安娜悲伤，倒几乎像是心头卸下了重担。现在没有人会嘲笑他了。也许，他受伤的自尊心终于可以痊愈了。

马诺利开着车，沿着那条长长的下坡路，驶向通往伊拉克里翁的主干道。身旁座位上放着的几乎就是他的全部家当。突然间，他想起那把珍贵的里拉琴还挂在咖啡馆的墙上。多年来它一直是他忠贞的伴侣和最心爱的财产。驶到岔路口时,他犹豫了一下,他可以左转开回布拉卡。也许,他该回去取他的里拉琴。

无论从哪个方面看,这念头都十分荒唐,于是他很不情愿地打消了。现在最紧要的就是赶上那艘船。

开往雅典的渡轮午后就要驶离伊拉克里翁,而现在已是十点钟。破釜沉舟一般,他踩下油门,转了个弯。

第五章

马诺利勉强赶上了渡轮。在此之前,他把卡车丢在一条巷子里,钥匙都没有拔。谁愿要谁要吧,他不在乎。

船上很拥挤。八月份有很多人来克里特岛度假,玩儿上几天再返回雅典。马诺利注意到有一群旅客是曾经的麻风病人。他现在对这种疾病导致的畸残已不陌生。他知道他们前一晚应该就在布拉卡,是那场悲剧的目击者。

这群人中有斯皮纳龙格曾经的岛主帕帕季米特里乌,报社编辑所罗门尼季斯和工程师库里斯。他们围坐在一起低声交谈,好像不想让别人注意到自己。这些人都曾竭心尽力将斯皮纳龙格岛改造成一个繁荣的小社会。如今他们正返回雅典,试图重拾二十年前擅长的旧业。很明显,渡轮上的其他乘客都避开这伙人,仿佛他们周围拦着一道无形的屏障。

旅途的大部分时间,马诺利都待在甲板上。他已经整整二十四小时没有合眼，但他想要思考，甲板上的新鲜空气和引擎的轰鸣声可以让他头脑保持清醒。安娜一直盘旋在他脑海中，他的每一次呼吸每一缕思绪中，都是她。

伊罗达是他成年后滞留最久的地方，他是为了安娜才留下的，心甘情愿做她的囚徒。接下来会怎样，他并不在乎，逃离伊罗达只是本能使然。

渡轮向北航行，沿途在几座小岛上停靠，每处都有几个新乘客摇摇晃晃登上船来。他们有的站在甲板上，等待向岸上的人挥手告别，但柴油味太呛人，最终他们大都躲进船舱。马诺利独立于甲板之上，凝视着滚滚海浪，看天色由白昼转入黑夜。天空黑压压的，海浪黑沉沉的，海与天浑然一色，无际无涯，望不到尽头。脚下是一片虚空，仿佛在向他招手，邀他一跃而下。没有人会留意，没有人会知道。他只需悄然没入水中。既然安娜已不在人世，他死了也无人挂怀。安东尼斯和那帮哥们儿也许会想念他，但很快也会忘却。

恰在此刻，他看见地平线上闪出一丝微光，黑暗中现出一条缝隙，缝隙越来越大，开始放进光来。片刻之后，那光泛出幽幽的橙红色。

正是黎明破晓时分，大海表面那条平展的线，缓慢但稳定地被陆地的轮廓与阴影取代。伴随着船平稳地向北航行，阿提卡群山参差的形状开始从清晨的薄雾中浮现，最后，海滨雄伟的建筑也映入眼帘。比雷埃夫斯毗邻雅典市，却独具特色。

很快，那艘大船驶入港口。接下来的半小时是一片忙碌和嘈杂：倒船时引擎的轰鸣声，锚链下降时震耳欲聋的摩擦声，喊叫、咒骂、发号施令的声音。空气中充斥着慌乱与紧迫之感，但对于那些肩上扛着胳膊一般粗的缆绳冲过来的人来说，这只是普通工作日的常态。

岸上有一群人等待着船靠岸，马诺利观察到许多乘客此时都站在甲板上，热情地向下面的亲友挥手致意。

这一幕提醒他，没有人会来迎接他。在这里，甚至没有人知道他的名字。他离开大陆到克里特岛已有六年光景，痴迷于那座岛上非凡的美景，享受它给予的一切，从群山到高原，再到晶莹澄碧的大海。在那段时光里，他并不渴望回到往昔的都市生活，也满足于伊罗达有限的社交。克里特的首府伊拉克里翁，他只偶尔去过几次，还是为完成安德烈亚斯交给他的任务才去的。

现在，繁华熙攘的比雷埃夫斯城展现在他的眼前，充满生机，可能也充满机遇。至于计划，他以后会考虑；眼下，他疲惫得浑身发虚，只想找个地方躺下来，沉沉睡上一觉。

找落脚的地方应该不难。除了那些来接亲人的人，还有些人准备将刚下船的乘客打入网罗，他们举着写得歪歪扭扭的牌子：**出租房间；仅限女士住宿；宾馆——床单干净！**

马诺利试着和其中一两个还价，可他们不肯松口。他清楚自己口袋里有多少钞票，得精打细算才行。

他明白，要打价，最好就摆出一副不感兴趣的样子，于是他抬腿便走。他从眼角余光中看到一个女人跟了上来。她的头发挑染成红色，浑身散发着浓得刺鼻的廉价香水和啫喱的气味，但她身上有种让他喜欢的东西。再年轻几岁，她大概就是马诺利喜欢的类型，嘴唇丰满，妆容浓艳。

"你想要找个随和的房东吧，找我就算找对人啦！"她欢快地说，仿佛他们已经聊起来了。

"你那儿离码头近吗？"他问。

"近得不能再近啦，"她笑呵呵地说，看得出嘴里缺了颗牙，"除非你要住船上。"

"多少钱？"马诺利漫不经心地问。

"一周四百八。"她答道，听起来像是随口现编的数儿。

马诺利没接茬儿，继续和她沿海滨一起走。他得先看地方，再决定住还是不住。

终于来到女人的旅馆时，已是正午时分。门厅里光线昏暗，但他注意到收拾得很整洁，走廊的桌上摆着一瓶绢花。看起来还算干净。

一个女孩匆匆从他们身边经过，朝外走去。

"回头见，姑姑。"她用唱歌般的声音说道。

"这是艾丽，"房东解释道，"我侄女。"

马诺利注意到的是一头乌黑的长发和一副弱不禁风的身形。

"她在滨海那家大甜品店上班。"女人自豪地加了一句。她指的是马诺利经过时注意到的一个庞大的糕点店。

这女孩，粉嫩的肌肤，她自己简直就像是糖做的，他心想。

房东从口袋里掏出一串钥匙，晃了晃。

"你的幸运数字是什么，亲爱的？"她问道。

从小到大，马诺利觉得好运一直守护着他，可今天他不再相信了。幸运已经弃他而去，没有了幸运，他心里空荡荡的。

"喂，你要是想不出个数来呢，就安排你到9号房间去住。"女房东欢快地说，"那房间挺好，能看到小巷，靠浴室也近，我觉得你会满意的。"

安娜的生日正是这个月九号，要是他选的话也会选这个数字。

楼梯上，又一个女人与他们擦肩而过。

"下午好，阿加西女士。"她气喘吁吁地说着，匆匆瞥一眼马诺利，接着往下走。

"我们这里有一两个她这样儿的，"等那女人听不见的时候，女房东压低声音说道，"但她们不会往回带那种粗鲁的家伙，而且她们基本只在白天干活儿。所以别担心，晚上这儿挺安静的。"

这样的租金，马诺利料想也就是这种条件，他没有再讨价还价。过去，他也常同妓女出双入对，以后很可能还会故态复萌。

女房东走到走廊尽头，开了锁，推开一扇门。床垫上蒙着带污渍的结实条纹棉布，床架上挂着条毯子。屋角立着一只暗红色五斗柜，窗户下的地板上放着一只水壶和一个盆子。还有一把只能放放衣服的破木椅。马诺利住过比这条件更糟的地方，这里并不比他在伊罗达的家简朴多少，虽说家里卧室要宽敞些。反正他也不是为追求奢华生活才来这儿的。

"那，每周五百六十德拉克马，洗衣和照明费用算在内。其他费用……额外收费。房租每周末结算。我知道你们男人拿到工资后会干啥，到星期天早上你们就镚子儿不剩啦，"她笑着说，"所以呢，你得先把该给我的钱交上，然后再进城去浪！"

这位阿加西女士一点儿不傻，就这样悄没声儿提了价，但马诺利并不计较，反正他的钱够用。

"我肯定会按点儿交房租的。"他向她保证。

"至于你嘛，除了尊姓大名，别的我一概不问。"她说。

"马诺利，"他坦率地答道，根本不指望她会说话算数。说不定一两天之内，范多拉基斯这个姓就会登上报纸，甚至爱琴海这一岸的报纸也不例外，他可不想让这位热心但无疑又多嘴多舌的女人问来问去。

"马诺利，"她微笑着重复，"我想你是刚从克里特岛坐船来这儿的吧。"

马诺利点了点头。

"不准带女人到房间里来。还有，不能带动物——去年有个人把只猴子弄进来，臭烘烘的。养动物我可是严格禁止的。"

"那，那个呢？"马诺利一眼瞅见一只小生物飞跑过房间，这会儿正躲在角落里打哆嗦。

"哦，对啦，宠物鼠嘛，**可以**养一只，对它们我格外开恩。"

马诺利宽厚地笑了，他喜欢这个女人，她机智诙谐。很显然，他能欣赏她的玩笑也令她很开心。

"好啦，我去给你弄条床单，眼下就这些事了。"

五分钟后，阿加西女士哼着小曲儿回来，拿来几条灰不拉几的床单和一条看起来更粗糙的毛毯，为他铺好床。她忙碌的时候，马诺利凝视着楼下的小巷。巷子里空无一人，只有几条流浪狗在游荡。

收拾完房间,她翻弄着那串钥匙,找出马诺利房间的那把,取下来递给他。最后她又用力拍了拍那只蔫头耷脑的枕头,把铺在床上的毯子抻直。虽说那床铺看起来毫不诱人,但他还是迫不及待地想躺上去。他已经累得快倒下了。

"谢谢你,阿加西女士。"他客气地说道。

"过几天咱俩肯定还会见面的,"她站在敞开的门口说道,"你房间我每周打扫一次。"

马诺利点了点头。女房东离开了。

他坐在床边脱掉靴子,然后又站起身脱衣服。褪裤子的时候,他听到金属落地的丁零声。他弯下腰,捡起安娜的耳环,在手心放了片刻。照片还在衬衫口袋里,直到现在,他才肯拿出来,凝视着他深爱的女人的面庞。

他将那颗海蓝宝石握在手中,又把照片塞到枕头下,便筋疲力尽地爬上床。

睡意立即将他淹没,但房间很憋闷,他整夜都在做噩梦。他一直被人追着跑,可一次也没被抓住:安德烈亚斯追他,安东尼斯追他,他叔叔追他,吉奥吉斯追他,还有来自久远的过去却一直潜伏在他潜意识深处的那些人,也在追他。无论他躲到哪儿,总有人找到他。他跑啊跑啊,尖叫着,喘着粗气,只勉强比追他的人快了一步。他变成一只被追捕的野兽,一只乱毛虬结、爪子血肉模糊的生物。他拼命想找一处藏身之所,钻到污泥与腐烂的树叶下面,被压得喘不过气来。

他终于哭喊着从梦中醒来，浑身冷汗，枕头被泪水浸湿，床单也被汗水湿透了。阿加西女士站在床头，阳光透过敞开的窗户照进来。

"我还以为你遭了什么横祸呢，马诺利先生，"她上气不接下气地说道，"我还当我这房檐下出命案了呢！"

马诺利揉着眼睛坐起来——他这是在哪儿？这个端给他一杯水的女人又是谁？他需要一点时间从枝叶横生的梦境林莽中钻出来。

"甚至连那帮姑娘都抱怨上了。她们这种人都嫌吵，可就奇了怪了。你睡得可真够沉的啊！"

马诺利坐起身，从阿加西女士手中接过水杯，咕咚咕咚喝掉。他意识到她正歪着头注视他。

"现在已经下午四点了，"说着，她接过杯子，"你睡那么死，肯定累坏了，我这就走。"

阿加西女士昨天并没有认真打量她的新房客，但现在她看得仔细。她开这家旅馆好多年了，还从没接待过如此英俊的男人。

马诺利注意到她在注视自己，女人的凝视他早已习以为常。

"谢谢你的水，阿加西女士。"他想笑一下，却笑不出来。

"没什么啦，"她答道，"'女士'嘛，就免了。"

她一出门，马诺利就下了床。他努力要忘掉那些噩梦，希望下次睡着时，安娜会出现在他的梦中。他需要见到她。

洗漱穿衣后，他走到街上。天色近晚，鸟儿麇集于附近的建筑上，有些快要飞往南方过冬去了。

他沿海滨漫无目的地走了几公里。码头上装货卸货忙碌了一天，此时已经停歇，造船厂和修船厂也安静下来。人们都下班了，可还有不少人站在那里讨论第二天的工作计划。咖啡馆外的桌子渐渐坐满了人。整条海滨大道两侧都摆满桌椅，供人进餐饮酒，而且没几张桌子有空位。成千上万的工人一起下班，大家想法都一样：劳累了一整天，得吃饱喝足。

马诺利走到路对面，找到一张空桌子坐下。他已经两天没吃东西了，早已饥肠辘辘。服务员端上水和面包，马诺利点菜，三道现成的荤菜——猪肉、羊肉和鸡肉，全点上，还要了一瓶冰啤酒。他头也不抬，风卷残云地将面前的一切填进肚子，最后还用面包把肉汁擦得干干净净，又要来一瓶啤酒，一口气干掉，买单离去。他没有和任何人有过视线接触，甚至连服务员也没看一眼。

就在马诺利在大陆上吃第一顿饭的时候，安德烈亚斯正被从圣尼古劳斯警察局转到奈阿波利的一间牢房里。毫无疑问他犯了罪。但问题是，动机何在？

在拉西锡的咖啡馆和酒馆中，范多拉基斯谋杀案成为人们谈论的唯一话题。范多拉基斯家族在克里特东部无人不知，无人不晓。谣言不胫而走，说那座大庄园的继承人因妒生恨，暴怒之下枪杀妻子。范多拉基斯家族的雇员都接到亚历山德罗斯的指示，从佣人到庄园管理人一直到工人，无论对家人还是朋友，还是他们之间，关于那一事件，都必须三缄其口，也不准擅发议论。但这一训令没起任何作用。安娜的女管家瓦西拉基斯太太先让她的一个朋友发誓保密，然后告诉她，自己曾多次看到马诺利出入那座房子。从那一刻起，原本的流言与猜测就变成板上钉钉的事实，马诺利就是这场惨祸的罪魁祸首。很快，人们对他的失踪就像对杀人案本身一样开始议论纷纷。

安东尼斯属于为数不多不说马诺利坏话的人。尽管他现在知道他的好友可能是这场惨剧的诱因，但他心中五味杂陈。对于发生的事，他并不责怪马诺利，但对安德烈亚斯的憎恶却比以往更强烈。

多年来，安娜对他一直避而远之，他对她的爱也早已化作厌恶。可他还是不得不参加她的葬礼。布拉卡村所有人都出席了，加之他家与佩特基斯家关系密切，他也别无选择。

那几个小时真是煎熬：站在教堂里，看村里女人们哭哭啼啼，正中间放着敞开的棺材，里面躺着安娜的遗体。他不想看，可还是不由自主地盯着那张白蜡般的面孔。

这不是普通的葬礼。这样的恐怖，这样的悲伤，都是少有的。有些上年纪的布拉卡村民依然记得，半个世纪前曾发生过一场仇杀，一对夫妇和孩子被谋杀，但从那以后，这样的事情就再没发生过。

"这么多倒霉事怎么都落在一家人头上呢？"他们都捂着嘴低声议论。玛丽亚刚从斯皮纳龙格岛回来，紧接着姐姐就被人杀了。在大多数人看来，这两件事好像毫无关系。人们都很惊愕，怎么会发生这种事呢？

安娜自从十年前结婚后，几乎没在布拉卡露过面，但大家都记得她孩提和少女时期的模样。她父亲依然是村里受人爱戴的人，他的妻子伊莲妮深受大家怀念，而玛丽亚也一直因为品行善良而博得赞赏。

范多拉基斯家族没有一个人出席这个随了他家姓的女人的葬礼，这并不意外，但很多人认为他们应该派个代表。"是他们自家人杀了安娜。"他们气愤地说。也有人理解他们为什么缺席，也能想象出那家人的无限羞耻。"他们怎么可能来？就算来了也会被轰走的。"

安娜没有被葬在奈阿波利墓园中属于范多拉基斯家族的那块气派的墓地里，而是埋在了布拉卡。村里的墓地可以俯瞰大海，眺望斯皮纳龙格岛。葬礼那天，吉奥吉斯强忍悲痛，保持着尊严，但在随后的四十天里，每次去安娜的坟头，他都会望着斯皮纳龙格岛失声痛哭。本以为亡妻爱女可以隔水相望，多少也能给人一点安慰，可此情此景，又有何安慰可言？

葬礼后的数周，玛丽亚每天陪着父亲，须臾不离左右，而且常同他一起眺望那座小岛。然而，她的思绪与父亲的截然不同。她蓦然发现，自己内心希望身处斯皮纳龙格岛上。在那儿的最后几个月，她的生活比现在可甜美多了。

第六章

越过斯皮纳龙格岛和米拉贝洛湾，越过爱琴海，在相隔数百公里之遥的北方，马诺利也在怀念着往昔更加美好的生活，只是那生活被出其不意的悲剧残酷地斩断了。

这个向来笑对逆境的男人，此时却被日复一日汹涌而至的情绪淹没，完全无力应对。马诺利幼失双亲，年长后未婚妻又被送进麻风病隔离区，但这些事几乎没有给他留下多深的伤痕。人生原本就是场冒险，充满障碍与挑战，而每跨越一个障碍，他就更添一份自信。后来，安娜出现了，而她的殒命在他心中触发一波又一波余震，那冲击仿佛再也不会衰减。

阿加西对马诺利没有任何可抱怨的。他按时缴纳房租，进门脱鞋。他干净整洁，温文有礼。每次打照面，他都会向她投去灿烂的微笑，让她后脖颈一阵微微发热。一天上午，她决定给他换换床单，大略打扫一下房间。收拾房间时，她把他的一件衬衣放进柜子抽屉,又忍不住迅速检点了下他的物品。这,她称之为"整理"。打眼一看,他似乎只有几件衣物和一卷塞进袜子里的钞票,但在最下面那只抽屉的最里头,她发现了两张照片。

第一张,她推测是他父母的照片;第二张,就不太好猜了。她认真审视着照片中的两个男人、一个女人和一个婴儿。左边的男人可能是马诺利,尽管照片中那人的头发比她的房客要短得多,但右边那男人似乎更像他。那人戴着结婚戒指,而她注意到她的房客并没有戴。她的结论是:这是一对孪生兄弟。那婴儿太小,还看不出是男孩还是女孩。照片真正的焦点是那个女人,她长得简直如同好莱坞影星,有种勾魂摄魄的美。她脖子上戴着一串珍珠项链,耳朵上垂下一对华丽的吊坠耳环,手指上戴着一颗硕大的钻石。她的秀发优雅地盘起,仿佛不仅要凸显她修长优美的颈项,还要突出那串晶莹圆润的珠宝。这张照片大可登上杂志封面的。

阿加西心想,这三位真是神仙般的人物啊,简直如同王室贵胄一般……而其中一个,竟然就住在我这寒舍之中。

这一切都很神秘,她把照片在手里拿了一会儿,才放回抽屉最里面,在上面盖上一件背心。说不定哪天她会哄他说出真相。

她接着开始擦拭灰尘。她拿起一只碟子,上面放着一把折叠剃须刀和一粒纽扣,肯定是衣服上掉下来的。假如她见到他衬衫咧着口子,会很乐意帮他缝上的。剃须刀下面有个亮晶晶的东西。她用手指把剃刀拨到一边,原来是一只镶着漂亮蓝石头的耳环。

她又把手伸进抽屉,掏出那张照片,拿耳环同照片上的比对,看是不是一样。

啊,她琢磨起来,看来发生过什么惨事,说不定还是桩丑事。

阿加西会通过观察咖啡渣来解读过去,预测未来,她算得很准,为此她颇感得意。但这些迹象,无需超能力也想象得出来。这照片呈现的是某个已随风而逝的幸福时刻。毕竟,大多数照片呈现的都是过去的幸福时刻。而马诺利的物品中有只单个的耳环,那就另有故事了。

女房东喜欢在房客们少得可怜的物品中发掘奥秘。袜子里面藏一卷钞票是常有的事。每个来她这儿投宿的人身上带的钱都差不多,不然他们就会另觅他处,要么更豪华,要么更简陋。除了随身衣物,大家几乎都身无长物,因此拥有的那几件东西便尤显珍贵和重要。她确信自己能判断出某人是否在逃,是否偷过东西,甚至有没有杀过人。一只耳环却是更复杂的线索,但她感觉这事儿的关键跟失恋有关,而且她也无需洗到泪痕斑斑的枕套才会探测出悲剧的隐情。

从那天起,阿加西就慈母般照顾起马诺利来,对他远比对其他房客更上心。她想把每位新来的房客都当成孩子对待,但大多数人最后都让她大失所望——把床板压塌,甚至脸上从来不带笑模样,最后不辞而别,连房租都不交。这个男人经历过伤心事,而世间没有什么能比一颗破碎的心更能激起阿加西的同情了。人心就像陶瓷摆设一样。她收集了几百个小瓷人儿,是这方面的行家。要是瓷人儿摔了,你可以重新拼起来粘好,可就算粘得再好,那条裂纹总是看得出来的。

对于租客,她主要在意的是,得举止得体,不吵不闹,晚上回来时别喝得醉醺醺的,而且务必按时交房租。但马诺利有颗破碎的心,这让阿加西对他更加用心。她公寓的墙很薄,她听得到他梦中的哭喊,觉得出他醒来时的哭泣,这样她对他的心境总能了如指掌。

来到比雷埃夫斯大约一周后,马诺利有一夜睡得与往日不同。那是一种他一直盼望得到的睡眠。那天傍晚,他找到一家码头工人经常光顾的当地餐馆,只花几德拉克马就填饱了肚子,酒足饭饱后回到旅馆,昏昏然倒在床上。他只要一合上眼睛,安娜就来到他身边。她在他身上,在他身下,时而在左,倏忽在右,她无处不在,脸紧贴着他的脸,如胶似漆。他的手臂紧紧抱着枕头,抱了半宿。他睁开眼睛,指望能看到她依偎在身旁。他以为嗅到了一缕她的芳香,可那不过是阿加西女士洗床单的肥皂味。

他的脸紧紧压在枕头上,身体因抽泣、因失去恋人的锥心之痛而扭曲。梦中的幻影是如此真实,睡梦中充满爱、美与欢悦的形象,醒来却要面对如此的现实——斯人已逝,万事皆空!那感觉如同整个人遭受重重的一击,变得支离破碎。

他发现阿加西站在床边,原来她在走廊里听到了他的哭号。

"我还以为你违反规定养了动物呢,"她温和地说,"听起来简直像你屋里关了一头熊。"

马诺利坐起身,接过她手中的杯子。

"是梦,阿加西,"他用床单擦了擦眼泪说,"做了个梦。"

女房东同情看着他,没有什么比看到一个大男人哭更让她难受的了。初次见面时，他看起来那么自信，可她从没见过比躺在她面前的这个男人更脆弱的了。她猜想有些房客会是让别人心碎的人，而眼前这位似乎是被别人弄得心碎了。

马诺利意识到阿加西在关注他，而且觉出她纯粹是出于善意。他像在炉边取暖的猫一样，享受着她的这份温情。阿加西看到了他脆弱至极的时刻，看他因失去恋人像孩子一样痛哭，这没什么，他很感激她并不刨根问底。

在她面前，他很乐意也很自然地扮演起好儿子的角色。

"日子久了，感觉就会好起来的，"她安慰他，"相信我，肯定会的。"

她说这话自然出于好心，但他并不相信。他开始既害怕又渴望每晚梦见安娜。

有时，安娜的出现像是一种幻象，而非在做梦，这让他怀疑她是不是真的死了。她仿佛就站在他面前，他不仅能看见她，还能感觉到她的气息呵在他的脸颊上，她的手抚摸着他的后背。也许，那一夜，当她躺在毯子上，假如他靠得更近些，亲眼看到她的模样，假如他触到她渐渐冷下去的肌肤，摸一摸她正在消失的脉搏，也许就会相信自己潜意识中无法接受的事实。

他知道自己必须尽快开始找工作，但他既没有精力，也打不起精神。好几天时间，他在城市街头游荡，沿着海滨朝两个方向各走上几公里。一天，他在一个叫图尔科利马诺的小港口歇脚，坐下来吃饭。服务员一口保证，他们店里的鱼特别新鲜，可他吃进嘴里，却尝不出一点滋味。他想起以前在布拉卡吃过一种红鲷鱼，是吉奥吉斯从船上直接送到村里小饭馆的。图尔科利马诺的建筑与克里特岛的房屋一样小巧，更让他怀念起克里特的自然风光与温馨氛围。他感觉自己像有家不能回的流亡者。

每天早上，他都会去不同的咖啡馆吃饭，不想成为任何一家的常客。他依然想独来独往。一天，他看到邻桌上放着一份报纸，便拿过来随手翻了翻。报纸头版被塞浦路斯局势和当前的独立提案占据，他对此不感兴趣，开始浏览其他报道。翻过几页后，一个标题吸引了他的注意：

克里特岛上的谋杀案
喜悦的返乡庆典蒙上阴影

报道肯定是写斯皮纳龙格岛的麻风病人获释还乡，欢庆时刻如何被一起杀人案而蒙上了阴影。一名女子遭近距离枪杀，据目击者辨认，该遇害女子为安娜·范多拉基斯。看到情人的名字白纸黑字登在报纸上，他猛地一震，仿佛一股电流穿过身体。范多拉基斯也是他的姓氏。他感觉自己从没像现在这样与她密不可分。安娜曾是他的，这种感觉同以往一样强烈。他是占有者，也是被占有者。

这篇报道的作者是不可能知道麻风病的治愈同这桩杀人案有什么瓜葛的，只简略描述那天夜晚发生事件的来龙去脉。斯皮纳龙格的病人得到治愈后离开麻风病隔离岛的历史性时刻被一桩情杀案所遮蔽。这就是记者就本案了解到的一切。

安德烈亚斯的名字被数次提及，还有他被捕的细节和预定的审判日期。记者对这件事并没做深入挖掘，也没有将枪杀案受害者与麻风病人挂上钩。从马诺利的角度来看，这并不是坏事。

他最讨厌的是文中对安娜的描述："一个渔夫的女儿，攀高枝嫁入富有地主之家。"这是事实，但也是一种侮辱，记者对此也清楚得很。

范多拉基斯家族只有一名成员出来说话。安德烈亚斯的姐姐奥尔加对记者详细表达了自己的看法：

"这件事玷污了我们家的名声。我弟媳跟我们家不合适。说白了，她根本不配过我们这样人家的生活，而嫁到门户不相当的人家，本来就未必是件好事。我只能说，安娜为人轻浮，又十分娇生惯养，况且也不是个尽职的妈妈。别的我也不多说了。事情的起因无从推测，我们只知道，这个女人激怒了我弟弟，致使他杀了人。我弟弟安德烈亚斯是个善良温和的人。希望终有一天能搞清楚他到底为什么要这样做，但真相水落石出之前，我们毫不怀疑，他这样做肯定是情有可原的。"

马诺利把这篇文章读了两遍，对堂姐的憎恶在他心中翻滚。她竟敢暗示安娜才是罪人？！见她的鬼去吧！

他走出咖啡馆，把报纸塞进最近的垃圾桶里，大步朝海边走去。

那不过是报纸上的一段文字，但读到它却对马诺利产生了决定性的影响。他之前抱有的幻想——安娜并没有真的死去——现在彻底破灭了。报纸上白纸黑字，是不可更改的证据。

他独来独往的时间已经不短，那卷钞票也迅速减少。刚开始钱好像还挺多，但付过房租加上吃饭，已经所剩无几。他得找份工作了。

比雷埃夫斯已从二战造成的破坏中逐渐恢复元气。庞大的港口区曾遭到大规模轰炸，建筑与船舶也蒙受严重毁坏，但如今修缮工作已经完成，希腊的航运业正蓬勃发展。被击沉的船只很快被新的所取代，如今希腊拥有船队的规模甚至超过英国和美国。许多航运公司在比雷埃夫斯设有办事处，随着世界经济的繁荣，港口也一派繁忙景象。

只要肯干，谁都有工作机会，修船、装货、渡轮、建筑，到处都在招人。找到人手才是真正难的事。

那天晚上，马诺利来到咖啡馆，邻桌坐了一伙男人，开心地碰杯喝着茴香酒。其中一人向他举起酒杯，这是对陌生人友好的表示；在比雷埃夫斯，常住居民和新来者相处和睦，水乳交融，人们不会对外来者心存猜忌。这座古老的港口张开双臂，欢迎每个人融入这座大熔炉。

马诺利便和这几个人聊了起来，其中一个人自报姓名，说他叫扬尼斯，是一家修船厂的工头。马诺利注意到，他俩还没交谈之时，这人就一直在仔细观察自己。他打量着马诺利健壮的体格和布满细纹的面孔，推测他对体力活并不陌生。他对马诺利这个人一无所知，但他绝对不会雇一个皮肤白净、双手绵软无力的人。到头来你会发现，那种人干活不肯卖力。

晚上离开前，扬尼斯随手留了一个地址，对马诺利说，他要是想干活，随时去找他。他相信这个强壮的克里特人会成为一个好工人。

下周一清晨，在睡了来到大陆后的第一个安稳觉之后，马诺利起了床，感到神清气爽。早上有点热，虽说八月的酷暑已经让位于九月较为温和的天气，但白天依然炎热，好在夜晚还行。

他迎着清晨的阳光出了门，中途在理发店停下，理了发，修了胡子，然后步行前往造船厂。他从口袋里掏出那张写有地址的纸片，一到就立即认出那个地方来。

佩涅洛佩——船头上漆着大大的船名，极为醒目，不会看不到。那伟岸的船身矗立于船坞，将周围一切都笼罩在它的阴影之中。

几十名工人已经干起来，小小的人影有的推着装满材料的推车，有的系着安全带从高处悬荡在庞大的黑色船体上。马诺利想到了伊罗达乡间蚁丘中忙忙碌碌、进进出出的蚂蚁，每一只都目标明确，忙活着跑来跑去地执行着单一的任务，却意识不到全局的规模。

早上八点钟还不到，就已经有三四个人聚在那间当办公室用的木板工棚外面，都是来找工作的。扬尼斯在木棚内的办公桌后抬起头来，认出马诺利，招呼他进去。

工头早就相中了马诺利，他有几个舅舅就是克里特人，知道自己会和这个新人合得来。佩涅洛佩号半年后就要再次起航，在此之前他的团队有很多活儿要做，他急需马诺利这样的人。

"每周一千五百德拉克马,早上七点干到下午四点,午休一小时,每周工作五天半。我们正在给一艘八十米长的船除锈脱漆,我还有另一组人等着给它上漆。如果按时完工,会有奖金;要是能提前完工,奖金更多。这是份辛苦活儿。"

"不会比干农活更辛苦的。"马诺利让他放心。

"有可能真的不如农活辛苦,因为有半天时间是在阴凉地儿里干。"

二人握手成交。马诺利急于立即开始。他的思绪一直被安娜和那篇报道吞噬着,对奥尔加·范多拉基斯的怒火也依然炙烤着他,干活儿会让他挣脱出来。

"你去左舷上干吧,"扬尼斯干脆利落地说,"那边原先有几个懒家伙,上周叫我给开掉了,但我们进度拖后了。"

扬尼斯叫外面人等一下,接着带马诺利穿过船坞去见新同事。

"迪米特里,"他对队长说,"给你送来个新人儿,人不错,交给你了。"

他正要转身走开,又从口袋里掏出一样东西。

"拿着,"说着,他递给马诺利一块方格手帕,"这个你用得着。"

"不戴这个你是扛不了多久的!"迪米特里说。

马诺利仰头望一眼巨大的船身。看得出,高高的脚手架上所有的工人都把脸裹得严严实实,好挡住灰尘。

"拿着,你的工具。"迪米特里麻利地说着,递给他一把很重的刮刀、一把大软毛刷子和一个喷灯。

马诺利以前从没拿过喷灯,很惊讶这东西竟然这么重。迪米特里给他演示怎么用,火焰以惊人的冲劲儿喷了出来,马诺利往后一退,怕被烧到。他自己试了一下,又学了学握刮刀的正确角度,就算出徒了,可以上手干活儿了。

要爬十五米才能到达平台。他把刷子和刮刀别在腰带上,一只手抓住梯子,另一手握住笨重的喷灯,向上攀爬。到达平台后,他在两个工人之间找了个位置。他们停了下手里的活儿,冲他点点头,算是打过招呼。他俩可能是那天晚上在酒吧里见过的工人,不过也难说。

他观察了一下身旁两个工人的动作,看需要用火喷多久才能脱掉漆,又不会损坏船体结构,再用多长时间除尘。

他用那块棉布手帕裹住口鼻,接着干了起来。没多久他就找到了自己的节奏:喷、刮、刷。喷、刮、刷。喷、刮、刷。

现在马诺利正在干的那一头,只完成了五分之一左右。他不愿去想还得干多少天。他想起叔叔曾让他在很短时间内清理拉西锡高原上的一块地。三十公顷的土地,要除草、翻地,为播种做准备。地里到处是石头,很难对付,干了一整天,只往前挪了一两米,剩下的那一大片无边无际地延伸着,如同一场诅咒。这艘船也同样令人心里发怵,但他在老家伊罗达学到的经验是,只要开了头,坚持不懈,活儿就会越变越少。

几个小时过得很慢。刮擦声持续不断,加上大家的嘴都捂着,没法交谈。烈日当空,汗水不住从背上往下淌,他想象自己用凿刀每刮一下,都是在为安娜的死赎罪。没有他,安娜本可以仍然是个好妻子。假如他没有在浪游多年之后返回故里，假如他不是长得那么像安德烈亚斯，假如，假如，假如……也许他才该承担责任，他才是那个理应接受审判的人。

温度越升越高，他的负罪感也越来越重。工作让他的双手忙个不停，但脑子也有很多时间想事儿了，也许太多时间了。伊罗达的田野是对耐力的考验，而马诺利现在干活的这片黑乎乎的面积与干旱的克里特土壤相比，则是更严苛、更不宽容的考验。

"马诺利！嘿！马诺利！"

不知道迪米特里喊了他多久。他环顾四周，发现其他人早已放下喷枪，下了梯子，现在都站在地上。他沉浸在自己的世界里，机械地刮着船身，什么也没听见。

他把工具放进口袋里，迅速爬了下来。

"今儿上午干得不错，"迪米特里对大家说，"一小时后这儿见。"

其他人一起缓步离开，只有马诺利独自站在原地。他没有胃口，也没跟他们去，他只想解解渴。这时一辆卖冰镇汽水的车子经过，他买了一瓶，去货物集装箱旁边找了个阴凉地儿坐下来。近旁有一个棉包，不知是谁丢在那儿的，他倚在上面，不一会儿，脑袋耷拉下来，睡了过去。睡梦中，安娜飘然而至，长发披拂，深色卷发在身后倾泻而下，盈盈走过时，臀部妖娆摆动着，姿态撩人……

一点整，组里人回来了。迪米特里轻轻踢了踢马诺利的靴子，把他叫醒。

"感觉怎么样?"迪米特里问。马诺利坐起身,被阳光刺得直眨眼睛。

"哦……挺好。"他答道,也想不出别的话可说。

接着干活儿。到下午收工的时候,马诺利清出了一片相当大的面积,证明他有资格留下来了。他们在同一个移动脚手架上干活儿,所以需要大家同时完成各自的区域,这样脚手架才能往前移。这既要依赖个人努力,也要求团队合作。他们面临的任务依然十分艰巨。

马诺利发现,一周很快过去,每天都和第一天上班时一样,而且越来越疲惫。

周六下午,他下了班,开始往回走,心里想着,自己一直多么盼望休息啊。天依然很热,但一阵凉爽的微风从海上吹来。他见扬尼斯走在前面,便紧走了几步赶上他。两人各自报出住址,马诺利得知,这位工头和他姑妈住在一起,就在阿加西旅馆附近的那条街上。

"今晚想去听音乐吗?"扬尼斯问道。一位雷贝蒂卡音乐[1]的传奇歌手要在附近一家酒馆演出。

"那咱们回头见。"走到马诺利住的那条街道头上时,他说道,两人分手,各回住处。

马诺利先把该付阿加西的房钱数出来,把那叠钞票从她门底下塞进去,然后才去洗澡。自打开始干上这份活儿,他脑袋上就

---

[1] 雷贝蒂卡音乐(Rebétiko),一种起源于20世纪初的希腊城市音乐风格,受到希腊、土耳其和巴尔干音乐的影响,歌词通常表达生活中的苦难、爱情和生活哲学。

沾满粉尘，头发变得又粗又硬，每天都要站在水流下冲洗二十多分钟，看污垢流入排水口。然后他仰起脸，让水灌满眼睛鼻子，只有这样才能清除尘垢。最后，再用肥皂把身体搓洗几遍，才走出来擦干。

他开始照着洗手盆上方那面裂了纹的镜子刮胡子。浴室里几乎黑了，刮完胡子他才发现自己把脸刮破了。一道血顺着下巴流下来，蜿蜒朝心脏的方向流去。这一幕又把他的思绪拖向他脑子萦绕不休之处——安娜。他努力不去想她的创口，而更愿记住她完美的形象，但他还是想知道，那颗子弹到底是在哪个部位打进她身体的？

他睡了一会儿，然后起身赴约。扬尼斯的圈子里基本都是居无定所漂到比雷埃夫斯找工作的男人。马诺利已经在修船厂见过迪米特里、阿里斯、米哈利斯、佩特罗斯、塔索斯、斯塔夫罗斯和米尔托斯，但这是他第一次真正看清他们的面孔。毫无疑问，他们每个人都有自己的故事，但马诺利什么都不问，因为他自己也不打算回答任何问题。

他们边吃喝，边跟着那一排音准完美、不知疲倦地齐声演奏的布祖基琴[1]乐手歌唱。酒馆里很吵，不适合倾心密谈。夜色渐深，歌手们陆续登台表演，声音也越来越大。

房间内，几个姑娘靠墙坐着，偶尔会有一个来到他们桌旁，

---

[1] 布祖基琴（Bouzoúki），一种极为常见的希腊弦乐器，琴弦两根为一组，共三组或四组，演奏时，乐手一手按弦，另一手持铜钱大小的圆键拨动琴弦，其声清脆而富有活力。

桌上就会有人跟她攀谈起来。马诺利已经知道，比雷埃夫斯的女子跟克里特岛的大不相同。这些姑娘衣着鲜艳，毫不扭捏，不怕秀出乳沟、大腿和胳膊。许多姑娘头发剪得短短的，指甲染得红红的，戴着亮晃晃的首饰，脚下踩着细高跟的鞋子。

离家不过三百多公里，保守的克里特社会却恍如月球那样遥远。此地的女子让他想起自己在巴黎和马德里邂逅过的那些姑娘，她们甚至更加自由开放。但是，假如某个女孩想同他搭话，他只需微微抬头表示拒绝，她也就不再勉强。马诺利对她们全无兴趣，他没有找女伴的欲望。他心里只有一个人，安娜依然占据着他的思绪。

那一夜，在比雷埃夫斯，就像深夜经常发生的那样，马诺利耳畔忽然间响起一首泽贝吉克歌曲的开头，内心深处有什么东西被触动了。歌词仿佛就是他人生的写照，他的心被刺痛了。犹如被音乐的魔力驱使，他从座位上站了起来。

> 深夜里，我向你伸出双手，
> 但怀中，唯觉虚空。
> 我怕这深深的、黑黢黢的梦境……

朋友们立刻把摆满杯子的桌子拉到一边，给他腾出地方，他开始缓慢地独舞。他已喝了几瓶茴香酒，内心的悲楚如一块巨石压着他，他展开双臂，如雄鹰展翅，开始旋转。虽然舞蹈动作十分个人化，但大家都清楚泽贝吉克舞的传统。这是一种独属于男人的舞蹈，只有满怀悲痛需要抒发的男人才配表演。

伴着乐手们的演奏和持续不断、一下又一下的沉重节拍，马诺利缓缓旋转，双眼空茫，目光迷离，如同进入恍惚的状态。有人将一只盘子扔到他脚边，有个女孩摘下发间簪花抛向他，他却浑然无觉。扬尼斯、迪米特里和其他几个人如同敬拜一般跪在地上，和着那独特的9/8拍，鼓掌击节。

  你的影子，在我身旁。
  一身洁白，宛如一道亮光，
  醒来却见，身畔空空，我心也随你死亡。

舞蹈让他有机会展现心底最黑暗的角落。他的动作内敛、克制、充满张力，却向任何关注和想理解他的人敞开了一扇通向他心灵的窗户。所有的目光都集中在他身上，激励着他。他双臂展开，继续旋转，先是向前俯身，再后仰贴地。这位身材高大、俊美异常的男人表演着杂技般高难度的动作，房间里所有人都目不转睛地看着他。

每一次旋转都表达出他感受的痛苦：为他爱恋的女人，为她的惨死，为在牢狱中煎熬的不幸的堂兄，为哀叹独子命运的叔叔婶婶，为失去双亲的小索菲娅，为悲悼女儿的吉奥吉斯，还有为姐姐哭泣的玛丽亚。

所有人都看得入了迷。这并非一个男人当众炫耀阳刚气概，而是一个活生生的人，将自己的痛苦，一分分、一寸寸赤裸裸地袒露出来。

这种舞蹈是一种仪式,是净化,是宣泄。然而,解脱并没有持续多久。马诺利才坐下几分钟,便意识到内心的痛苦犹在。

扬尼斯拍了拍朋友的肩膀,表示无言的同情。他又给自己和马诺利各倒了一杯茴香酒,一饮而尽。

马诺利忆起自己在索菲娅洗礼仪式上跳泽贝吉克舞的情景,回想起男人们围成一圈为他喝彩,吹口哨,忆起他看到安娜崇拜地凝视他的那一刻。她的爱慕是最大的奖赏。那时,他滥用这种庄严的舞蹈来炫耀,即便在当时也知道这样做是不对的。今晚不是他在跳泽贝吉克舞;是泽贝吉克舞俘获了他,令他起舞。

在之前的一周,修船厂的工人们对马诺利心存疑虑。这个穿着昂贵靴子的英俊的克里特人有一种高高在上的神气,他们猜测,他眼睛下面的阴影源自深夜不眠和哥伦蒂亚,克里特岛上纵情声色的深夜乡间欢会。

"拉克酒,"他们第一次见到他时,有个人悄声说,"克里特人喝起这种酒来就跟喝水一样,能把一个男人毁掉。"

这个周六夜晚改变了工人们对他的看法,此后的周六,马诺利便经常和工友们一起度过。他们不再怀疑他。那个初来时脚蹬干净靴子、头发修剪得像船主一样的男人,在跳过泽贝吉克舞的那夜之后,被工人们当成自己人了。

这些人对对方的个人信息都所知有限,但渐渐地,在接下来的几周里,马诺利逐渐了解了每个工友的一些情况。这些不仅有他问来的,还有靠倾听、等待和观察得来的。他们每个人都经历过人生的起落沉浮。

有时候天太热，工人们中午从脚手架上下来，会脱掉被汗水浸透的衬衣，换上一件干净的。马诺利刚来几周的时候，有一次迪米特里脱掉衬衣，他注意到马诺利瞪大眼睛看着他。

"啊，"他开玩笑地说，"那是我在战场中留下的旧伤疤。"

"纳粹弄的？"马诺利问，以为他那伤疤肯定是德据时期同德国人的某场战役留下的。

迪米特里笑了，用手抚摸着从腋下到臀部的那道长长的锯齿状伤疤。

"不，我的朋友，是在爱情的战场上挂的彩，"他爽朗地说，"而且老实说，她不值，尽管我当时愿意为她去死。"

"哦，明白了。"马诺利说，不知道迪米特里说的是不是真心话。

"你知道，人年轻的时候真会相信值得为女人舍命一搏，现在我可不这么想喽。"

马诺利点点头，虽说他不敢苟同。

"最后她还是跟那小子在一起了。但你放心，我也给他留了一道疤。"

唯一真正在战场上留下伤疤的人是阿里斯。马诺利注意到，斯塔夫罗斯总是帮他的朋友把工具搬到梯子上面，不久后他发现，阿里斯腿里有弹片，是1944年12月在雅典街头与英国人交战时留下的。他用强壮得令人羡慕的手臂把自己拉上脚手架，但在地面上，就能明显看出他走路一瘸一拐的。

然而，并不是只有阿里斯一个人因战争遭受苦难。一天晚上，一场关于内战期间希腊共产党有没有犯罪的激烈辩论失去了控制，米哈利斯愤然冲出酒馆，顺手掀翻了一张桌子。他那激烈反应令人费解。马诺利了解到，他曾在马克罗尼索斯岛的监狱集中营关押了三年，遭到政府军的残忍虐待。

"他——他——他受了很多罪，"塔索斯解释道，"他——他——把——"

"不管谁指责那些人犯下的暴行，他都会看成是对他个人的攻击。"塔索斯的兄弟佩特罗斯插话道。

塔索斯口吃，他的意思有时很难理解，但佩特罗斯总会替他把话说完。总的来说，塔索斯话很少，但他体格壮得像头牛，一人能干俩人的活儿。

"也许他以为，别人是说他遭受酷刑是活该。"马诺利说。

一名服务员正平静地打扫他们桌子下的碎玻璃，扶起翻倒在地的各式椅子。显然，这样的状况并非前所未有。第二天早上，米哈利斯又恢复了常态，开开心心来上班了。看来，过去虽没有在他身体上留下伤疤，却给他的情感留下创痛。

米尔托斯即便有伤痕，也都被遍布整个躯干、脖子和手臂的文身给遮住了。这样的文身就算在比雷埃夫斯的船厂也很不寻常。工间休息吸烟时，马诺利偶尔会坐在米尔托斯身边。米尔托斯最喜欢的就是讲述每个文身背后的故事：什么时候文的、在哪儿文的、有什么含义等等。他身上有几十个文身——多到除了脸以外，身上连一厘米见方的空白都找不到——那些故事他永远也讲不完。

"哎呀，米尔托斯，"马诺利亲热地说，"我去过巴黎的卢浮宫，可你这一身艺术品比卢浮宫的还要多。"

米尔托斯笑了。

"那这个呢？"马诺利指着一串数字问，"这可不太像一幅油画啊。"他没有数，但那是一组十六位的数字。

"这个，"米尔托斯指着前八位数字答道，"是我杀死一个人的日子。后面的数字，是我被释放的日子。"

这是一起报复杀人案；他已经服过刑，也并不后悔。马诺利知道，米尔托斯有一天会多给他讲讲，但现在他们该继续干活儿了。这艘船，他们还得干几个月。

他曾注意到斯塔夫罗斯手臂上有处烧伤的痕迹，但他是他们组里最沉默寡言的人，从来没细讲是怎么烧伤的。马诺利推断是童年的一场意外造成的。

马诺利一直在拼凑工友们的故事，而组里人依然摸不透他的情况。他们只知道，某种刻骨铭心的悲痛把他带到比雷埃夫斯。他们从他的泽贝吉克舞中看出了这一点，但也仅此而已。他们知道，只有哪天他自己想说了，他才会打开心灵的百叶窗。但眼下，他们尊重他的隐私，正如他也尊重他们的隐私。

第七章

几周过去了,马诺利惦记着审判的日期可能快到了,便给安东尼斯写信,询问消息。

他把自己现在的住址和工作告诉了朋友,然后静等回音。

安东尼斯收到他的信十分高兴。马诺利安然无恙,离他也不算太远,这让他很欣慰。他把信拿给妹妹佛提妮看,还让她保证绝对不把信里的内容告诉任何人。他和妹妹一直很亲,要是安东尼斯让她保密,佛提妮绝对做得到。

如今大家普遍认为马诺利与安娜有染,但安东尼斯并不指责他,只是更加鄙视安娜了。

"是男人她就要拖下水。"他对佛提妮说。

听他这么说,佛提妮很生气。

"安东尼斯,别报复起来没个完,"她说,"我觉得安娜受的惩罚已经够狠的了,不是吗?"

"现在轮到安德烈亚斯喽。"他嘟囔了一句。

"都过去这么多年了,"佛提妮接着说,"你这气还有没有完?"

他们此时正在布拉卡一起喝咖啡,安东尼斯歪过杯子,把咖啡渣倒掉。

"再说了,安德烈亚斯怎么会知道安娜是你女朋友呢?"

安东尼斯耸了耸肩。

"我想他也不知道,可这改变不了事实。"他说,"十几年来,我几乎天天都能见到安德烈亚斯·范多拉基斯,可他从来就没正眼瞧过我。"

佛提妮有点同情地看着哥哥。安德烈亚斯·范多拉基斯对员工态度傲慢,跟他父亲当年如出一辙,这一点尽人皆知。

"说不定安娜和安德烈亚斯就是天造地设呢。"安东尼斯盖棺论定似的说道。

"别这样好不好,安东尼斯?你这样满腹怨恨,真让人讨厌。别忘了她是玛丽亚的姐姐,还有吉奥吉斯……他们就跟咱们自家人一样。"

这一点安东尼斯也同意,他和佛提妮与佩特基斯家是好几代的交情,密不可分。他拥抱了下妹妹,离开了。

那天晚上,他给马诺利回了信。可告诉马诺利的消息并不多,但他答应会把审判开始的时间通知他。

安东尼斯的信寄到时,因为字迹潦草,阿加西很难辨认信封上的姓名。字母"M"很清楚,但姓氏却难以辨认,只是因为上面盖的是伊拉克里翁的邮戳,她才有把握把它塞到马诺利门下。

别的房客没有从克里特岛来的。

最近几周,她这位房客似乎比刚来的时候心情好了点,但即便如此,他脸上还是蒙着淡淡的忧郁。也许这封信能给他带来好消息,说不定就是照片中那个漂亮女人寄来的呢。

马诺利白天在船上干活儿,晚上还常常同工友喝酒、唱歌、打牌,直到深夜。之后他沉沉睡去,但没有哪一夜不梦见安娜。睡眠休息的只是他的身体。

直到第二年春天,安德烈亚斯的案子才在奈阿波利开庭审理,而且只持续了三天。埃莱夫塞里娅与亚历山德罗斯·范多拉基斯一直在场,因惊愕和羞耻而脸色苍白,身体僵硬。玛丽亚与吉奥吉斯同他们隔开一段距离坐着。玛丽亚有时能感觉到公众旁听席上的人正在审视她。作为被害人的妹妹,她的情绪和反应格外引人关注。当然了,她患过麻风病,这才是他们好奇的真正原因。

他们都见识过报纸上安娜那倾国倾城的美貌,而眼前这位衣着朴素、相貌平凡、背后垂着条长辫子的女子竟然就是她的亲妹妹,对此,他们开始都有些疑惑。等他们听到传言,说她曾经与被告的堂弟订过婚,而那位堂弟的名字也在审判中提到过,他们便兴致更浓,很想一探究竟。然而,尽管他们心痒难耐,但没有人,甚至包括前来报道审判的几个记者,敢在每天休庭时接近她。玛丽亚完全清楚是什么原因——保护她免受打扰的,是他们对麻风病的恐惧。

证人被一个个传唤,提供证词。

克里提斯医生只在庭审第一天出庭。他证实，凶手无疑是将枪口抵住被害人的胸口开的枪。一颗子弹穿透肺部从背后射出，另一颗直接射入心脏，致被害人死亡。他还证实自己曾当场宣布被害人死亡。

医生发言时，玛丽亚目不转睛地凝视着她心爱的男人。几星期以来，这是她第一次见到他，与他分别的痛苦同她过去几个月经历的丧姊之痛一样刻骨铭心。她明白，到休庭时，他又得回伊拉克里翁去了。

庄园里的好几个工人谈到安德烈亚斯的性格。其中一个人把他的雇主描述为脾气暴躁、不友好的人。另一个说，如果庄园里的活儿没有按他吩咐干，或干得没让他满意，他就免不了大发雷霆。这后一位证人是安东尼斯。

也有些人替安德烈亚斯辩护，说被告人性情温和，近乎内向，他竟然会犯下如此残忍的罪行，实在出人意料。玛丽亚怀疑，这些人是不是急着保住庄园里的工作才这样说的。

审判最后一天的上午，安德烈亚斯的辩护律师传他最重要的证人站上证人席。此人曾是亚历山德罗斯·范多拉基斯结婚时的伴郎，也是安德烈亚斯的教父。这位年已八旬的前法官语气坚定，态度威严，整个法庭都被他的气势震住了。审判从开始到现在，戴着手铐的安德烈亚斯一直脸色苍白，表情木然，直到这一刻，他才抬起头来，望着那个正在慷慨陈词的男人。

"听取证言的诸位想必都清楚，本案过错在女方。女方的行为定会激怒任何男子。此女为人之傲慢无礼，行为之不敬神明，作风之伤风败德,凡此种种,定将致其早早殒命。本人与范多拉基斯家族相识数十载,坐在诸位面前的这位优秀男子,从孩提到成人,本人也亲眼看见。范多拉基斯家族乃诚笃规矩之家,正派重礼之家,崇尚道德之家。对于此等家族,有一信念绝不可少,那就是其秉持之价值观念理应坚守!在诸多价值观念之中,有一条更是至高无上:'菲洛蒂莫'。"

这个词,法庭中的每一个人都耳熟能详,他又加重语气,缓慢而庄重地重复了一遍:

"'菲洛蒂莫'!荣誉!"

一阵沉默。每个克里特人都明白这个词的含义,尤其是对这样的家庭而言。在这位证人看来,杀死不忠的妻子,天经地义。

听到自己的姐姐被描述成那样的人,还有那位老人为杀人犯的开脱,令玛丽亚怒不可遏,她几乎坐不住了。从眼角余光中,她看到父亲一动不动。她紧咬嘴唇,绞着手指,低头看着膝头,后脖颈热得发痒。有那么一刻,她感觉自己马上就要晕过去了。离她和吉奥吉斯稍远的公众旁听席上坐着几个从布拉卡村来的人,他们发出不满的嘟囔声。

宣布判决前的休庭时间,大家都走到外面。出了法庭,玛丽亚在拐角处给父亲找了个座位,自己要去走走。她需要平息一下自己的愤怒。在一条安静的街上,她看到一座教堂开着门,便走了进去。

她吻了吻圣像,走到后排长椅上坐下,之后又在黑暗中跪了下来。她没有办法祈祷,心中的怒火左冲右突,愤怒横亘在她与上帝之间，让她无法克制。她想为安德烈亚斯祈求宽恕，可这念头一冒出来，便与她心中的理性扭打在一起。她自问：这样的弥天大罪，凭什么应被抹掉？泪水顺着她的脸颊止不住地往下流。除了父亲、克里提斯和少数村里人外，难道只有她才认为姐姐不该被杀吗？难道法庭上的其他所有人都认为这样的罪行有正当理由吗？

她听见有人走进教堂，转头去看。是牧师。她站起身，在胸前画了个十字，匆匆离去。返回法院时，天上下起了蒙蒙细雨。由于不熟悉奈阿波利的地形，她拐错了弯，走了一圈又绕回那座教堂。等她回到刚才离开父亲的地方时，他已经不在长凳上了。玛丽亚又焦虑又沮丧，头发滴着水，赶回法庭，刚进门，门就关上了。法官和陪审团回到法庭。

法庭里比之前还要拥挤，她只得站着，前面已经站了三排人。别人注意不到她，看不见她，她并不介意，她只担心吉奥吉斯，他肯定是一个人坐在那里。她原本希望，在宣布判决结果的时候，自己能陪在父亲身边。

突然间，全场安静下来。玛丽亚唯一能看到的人是在审判席上就座的法官，他长着鹰钩鼻子，两只眼睛挨得很近，让她联想到老鹰。

一名陪审团成员用轻得几乎听不见的声音迅速宣布裁决："有罪。"这是预料之中的结局。法官等了一会儿，等全场肃静下来，才清了清嗓子。

此时，法官的目光聚焦在一个人身上，后面的话，他都是讲给那个人听的。

玛丽亚看不见安德烈亚斯，但即便如此，她也能想象出他的样子。她一直努力想把那个想法从脑海中赶走，可就是这个人夺走了姐姐的生命，也夺走了她自己的幸福。在那个决定命运的夜晚，尼古劳斯·克里提斯，那个将治愈麻风病的疗法带到斯皮纳龙格岛上的男人，向她求婚了。然而紧接着，安娜被杀，接踵而至的便是错综复杂、难以预料的后果。后果之一便是，玛丽亚知道自己别无选择，只能留在布拉卡陪伴悲痛的父亲。婚礼无限期推迟。曾经伸手可及的新生活，转瞬间化为乌有，如今看来再也不可能了，这一点她深信不疑。安德烈亚斯·范多拉基斯毁了她全家人的生活。

"依本庭看来，这是一桩悲惨但一目了然的案件，"法官开言道，"安德烈亚斯·范多拉基斯，本庭对你几乎无话可说。"

他是运用戏剧性停顿的大师。

"这位年轻女子，在风华正茂的年龄，被你，她暴怒的丈夫，杀害了。至于是否是预谋杀人，我们永远无从得知，真相唯有你自己清楚，而且你大有可能会将真相带入坟墓。"

气氛本已变得异常肃穆，此刻更是紧张到极点。他要宣布死刑裁决了，不然，他为什么要提坟墓呢？这实在太令人震惊了。法庭中大多数人本以为会判无罪释放，或者就算判刑也顶多是走个过场。

法官继续说道：

"维护荣誉固然重要，但绝对不能作为犯下此等滔天罪行的正当借口。"

他多次引述那些把安德烈亚斯描述为脾气暴躁的人的话,包括安东尼斯的话,他的评论最具说服力。

"安德烈亚斯·范多拉基斯,你对一位无辜妇女犯下谋杀罪。此罪行理应处以极刑。"

有人喊:"不!"法庭内回响起惊愕的声音。连玛丽亚也倒吸了一口冷气。一命抵一命,这太可怕了。她知道类似情况下这样的判决并不罕见,可这也换不回安娜的命啊——既挽回不了她自己的幸福,也挽回不了她父亲的幸福。

法官等待众人安静下来。"然则,在本案中,本庭将不会判处你死刑,而是判处你终身监禁。本庭认为,这对所有那些可能对妻子动怒行凶的男人,将起到足够长久的警示作用。"

更多的观众中发出震惊的喘息声,尤其是认为安德烈亚斯应该无罪释放的多数人。有罪的一方是安娜·范多拉基斯,而不是安德烈亚斯,这肯定没错吧?一个地主的儿子竟会坐牢?还是终身监禁?

法庭内的愤慨情绪让玛丽亚十分不满。众人不认同这一判决,许多男人觉得他们自己也受到了指责。在克里特岛,男人动手打老婆不是稀罕事,这一判决是对他们发出的警告,这令他们大为不快。

庭审结束几秒钟后,她便走到街上,等着父亲出来。他们默默地向公交车站走去,有趟车能到他们家,他俩都想远远离开这块是非之地,越快越好。

回家的车上，在雨滴斑驳的车窗玻璃影中，玛丽亚看到一个浑身湿透的女人心力交瘁的脸，正回望着自己。在那个法庭上，有那么多时刻，她感觉自己出席的不是对安德烈亚斯的审判，而是对姐姐的审判。在过去三天中，她老了十岁。

回到家中，父女二人都哭了。安娜的死让他们崩溃，但他俩都认为，就算是处决安德烈亚斯，他们自己的生活也不会再完整如初了。

审判期间，奈阿波利本地的报纸每天都刊登法庭报告，但全国性报纸并没有提及此事。

马诺利知道审判程序正在进行中，他在《每日报》上寻找信息，但一无所获。直到审判结束后，他的好奇心才得到满足。

杀妻犯被判终身监禁

报道被埋在报纸第五页，只有短短的一段，简要概括了基本事实。

这一裁决令马诺利心中五味杂陈，但他同玛丽亚和吉奥吉斯一样，承认以眼还眼也无法让他得到安慰。

几周后，他回到住处，发现门上靠着一个棕色大信封。阿加西发现信封太厚，门底下塞不进去。虽说这次的字迹也算不得工整，但她还是辨认出房客的姓氏。范多拉基斯。多好听的克里特姓氏呀，她心里想。范-多-拉-基-斯，有种悦耳动听的节奏感。

马诺利撕开信封,几十张薄薄的新闻纸落在他手中。还有一封安东尼斯的信。他的朋友和他见面时总是滔滔不绝,但他自从上学起写起东西来就很吃力,故而动笔时总是惜墨如金:

亲爱的马诺利:
　　我希望你在比雷埃夫斯一切安好。我已经离开范多拉基斯庄园,也早该离开了。我现在干建筑,圣尼古劳斯正在建很多新房。
　　这些审判报道我存下来给你看。
　　法庭上发生的事,记者都按实际情况原封不动地记录下来了。我觉得对咱俩来说,这一可怕事件就此结束了。
　　致以最诚挚的问候。
　　　　　　　　　　　　　　　　　　　　安东尼斯

安东尼斯无需在信中提起,审判过程中多次隐晦提及马诺利。马诺利自己也能从剪报中推测出来。

　　马诺利把信读了两遍,对安东尼斯最后一句中的"对咱俩来说"感到不解。他知道安东尼斯家与安娜家关系密切,但这么说还是有点怪。

　　他坐在床上,先把剪报按时间先后排好,然后才开始看。安东尼斯说得没错,记者的确把整个审判过程描述得栩栩如生。每一声咳嗽、每一声惊愕的喘息都没有漏掉;安德烈亚斯·范多拉基斯每次在座位上不安地扭动都被记录在案;座无虚席的法庭上,人们——显然为数不少——表达的每一声不满都被描述出来。读到判决时刻时，马诺利感觉如同置身法庭，审判的每时每刻他仿佛都在亲身经历。

他读剪报的时候，阿加西女士的侄女艾丽来敲他的门。她敲了好一阵，但他全神贯注看剪报，根本没听到。她来过的证据是门外放着的一小盒果仁蜜饼。后来马诺利开了门，弯腰拾起来，立即把盒里的八块饼一口气吃完。读完关于审判的报道，他感到全身精力已被耗空，而这些糕点让他心中安慰。

那天晚上，他独自出了门。他想喝酒，但不想说话，他想把心绪、记忆和情感统统抹去，他让想象力停止运转。

事实证明，这样的目标无从实现。他的思绪不断回到那个跟他如孪生兄弟一样相像的人身上。此刻，他的堂兄坐在牢房里，马诺利感到与他有种不由自主的连接，就像真正的双胞胎有时会感觉到的那样。庭审与判决在法律上已为此事画上句号，可对于马诺利，对于他的其他家人和安娜的家人而言，法庭上的最后一天并不能成为事件的终结。

那天夜晚，马诺利坐在酒吧，慢慢用酒精麻痹自己。对面是港口最繁忙的区域，他看着一艘艘船驶离港口，自己也在想象中随它们远去。这些船驶向中东、印度、中国，还有世界上其他所有的目的地。也许他就该到某艘船上找份工作，自此浪迹天涯。他坐在那里，把这个念头思量了一阵，最终还是放弃了。眼下大概没有哪儿比在这里的生活更适合他了。他喜欢与那些男人共事，女房东也是好人。

他坐的地方，正对着驶往伊拉克里翁的渡轮的港口。晚班的轮渡刚刚进港，他看乘客陆续下船。他确定看到人群中有一对从布拉卡来的夫妇，便竖起衣领，免得被他们注意到。

马诺利上班的时候，阿加西在他房间里出出进进。给他把信放在门外的第二天上午，她就决定好给他换床单的日子了。那包东西并不难找，就藏在底层抽屉里的几件衬衫下面。她把窗帘全部拉开，让充足的阳光洒进房间，然后坐在床上，开始读那些东西。

她立刻注意到被告的名字——安德烈亚斯·范多拉基斯，以及被害人——安娜·范多拉基斯，于是又核对一下信封上的名字。她脱掉鞋子，把枕头靠在床头，然后舒展身体，舒舒服服地倚在上面。她慢慢地读着，一行一行，一段一段，一页一页，不慌不忙，因为她对马诺利的作息行踪了如指掌，知道他回家还早着呢。她花了一个多小时才读到审判的最后一天。

她把那摞剪报放在胸前，沉了一会儿，感觉到心脏在扑通扑通地狂跳。然后她一甩腿下了床，在抽屉里翻找起来。她要找的，是一张熟悉的照片。

直到现在她才搞明白，到底照片中哪一个才是她的房客。她以前弄错了，戴婚戒的那人不是马诺利，那是他堂兄。

现在，一切都豁然开朗。那只耳环。那些噩梦。可怜的马诺利。好可怜的马诺利啊，他失去了心爱的女人，这也太可怕了。这年轻人的一切好像都被无情夺走，意识这一点，她无比震惊。

女房东能给予他的，只有满腔的善意，她决定要比以前更加毫不吝惜地把善意倾注在他身上。她向侄女随口提到，马诺利有一颗破碎的心，这让艾丽愈发爱慕他，她要用甜食引他开心的决心也愈发坚定。艾丽知道油酥糕点不是生活必需的营养品，却是改善心情的灵丹妙药。

那天，马诺利一回到房间，就知道床单是新换的，散发着洗衣皂的芬芳，这甜美的气味让他想起安娜。第二天离开房间时，他差点被阿加西女士给他放在门口的午餐绊倒。等待他的是一个装满青豆米饭的罐子和一块用餐巾包着的新出炉的面包。她一定一大早就起床准备了，而其他房客的门口并没有这些东西，说明只有他享受到这样的优待。

在随后的日子里，马诺利见到阿加西女士侄女的次数比见到房东本人还多。听到他下班回家，艾丽便开始出现在走廊里，他们会简单聊两句。她总是脸色绯红，而马诺利则会礼貌和蔼地问她，那天过得可好。

女孩手边常备着一包系着漂亮丝带的甜食，见面就送给马诺利。他总是欣然接受，再把铁罐递还给她，请她转达对她姑姑的感谢，感谢她为他做的饭。马诺利道声再会，转身走上楼时，艾丽绯红的小脸儿几乎要变成通红。同往常一样，马诺利能听到女房东自己房间内的留声机播放着嘹亮的流行音乐，透过地板，还能听到变了调的唱歌声。

比雷埃夫斯的一切都蓬蓬勃勃，飞速扩张。航运业的发展似乎没有止境；修理业紧随其后，资金也源源不断涌入这一领域。四月的一天晚上，一家新的布祖基亚¹开业了。那一周他们组工作业绩卓著，碰巧还是米尔托斯的圣徒纪念日，于是大家决定聚一聚。

新开的店总能吸引顾客，马诺利答应早点到，好找个好位子。不久，夜总会便挤满了人，朋友们也都陆续过来找他。乐手们走上低矮的舞台：八名布祖基琴手，一名鼓手。音乐开始之前，全组人相互祝酒，祝米尔托斯圣徒日快乐：

"干杯！长命百岁！"

他们刚到，便有一位著名歌手登上舞台，大家跟着一起唱。他每一首歌的每个音符都印在他们的心上。这些歌曲大多数都属于雷贝蒂卡风格，是贫困与流离的音乐。男人们唱得热血沸腾，激情澎湃，即便是心肠最硬的人也被歌手触动，令他们爆发出深沉的情感。怀恋、渴望、失落、欲望，纷纷扰扰的情感交织在一起，融为一曲伟大的集体悲歌。

深夜时分，最后一场开始。这次是一位女歌手，她的声音如此有力，充满整个房间，大家都停止交谈。马诺利的座位背对着舞台，他立刻转头去看。

女歌手衣着十分艳丽，马诺利认出她身上那件罩衫，他难以置信地眨了眨眼睛——竟然是他的女房东阿加西女士！与他当天早些时候看到时相比，现在她唯一的区别是耳朵上摇曳着一对叮当作响的大耳环。

---

1 布祖基亚（Bouzoúkia），是希腊热门的现场音乐夜总会，有音乐、歌曲、舞蹈表演，气氛热烈火爆，观众在欣赏、参与的同时也可以饮酒，往往纵情狂欢到凌晨甚至到第二天早上。

八月，那一夜

阿加西早已在窗帘后面观察了马诺利一会儿，所以看到他几乎就坐在自己鼻子底下时，并不惊讶。她娇媚地向他挥一下手，继续演唱，他则举起酒杯向她致意。

马诺利兴高采烈，赞赏地喊：

"你好！阿加西！加油！加油！"

她向他抛来一个飞吻，朋友们都逗他，要他解释为什么他会同歌手如此亲密。

一个女孩过来卖花，马诺利买了好几朵，将红艳艳的花朵全部献给阿加西。她又将两三朵抛回他桌上，以示感激。在这个充满惊奇、欢乐和喜悦的夜晚，他们开怀畅饮，喝了一轮又一轮。

阿加西不知疲倦，唱了一曲又一曲，成为那一夜最受欢迎的歌手。她的许多首歌都是由著名歌星索菲娅·维姆波[1]唱红的，观众喜欢她，仿佛她就是歌后本人一样。

"来吧，甜蜜地笑吧，对我诉说绵绵情话……"她唱道。

等她表演结束时，马诺利和朋友们都站了起来。最后一曲唱罢，她走到他桌前，他热烈欢迎，并把她介绍给朋友们。

"喂，我的好小伙儿，绝对没想到吧？"阿加西女士说着，举起玻璃杯同他碰了一下，挤坐在马诺利和斯塔夫罗斯之间。

"完全没想到，阿加西女士。我经常听到你天花板上传过来的音乐，可没意识到那是你在唱。我还以为是你收藏的维姆波唱

---

[1] 索菲娅·维姆波（Sofia Vembo，1910—1978），本名 Efi Bebo，希腊女歌手和演员，在第一次世界大战后至 20 世纪 50 年代初期间活跃于舞台，以演唱深情激昂的爱国歌曲而广受赞誉，被誉为"胜利的歌者"。

片呢！"

"可，那就是我呀，"她羞答答地说。

马诺利不知道，阿加西曾是比雷埃夫斯一位崭露头角的明星，但后来德军入侵，当地遭到全面破坏，她的演艺生涯也随之中途夭折。尽管现在涌现出年轻的歌手和新的音乐风格，她不再时髦，但她的声音依然令人钦佩，近来她又频频亮相了。

斯塔夫罗斯突然抓住她的手臂。

"你长得和一个叫露萨的歌手很像！"他叫道，一段记忆突然出现在他脑海中，"你就是露萨吧？"

阿加西女士满脸喜色，露萨是红色的意思。

"那是我的艺名！"她说，"那时候我们都要取艺名，主要是因为我们还年轻，登台不是件体面事。用了假名，父母就不大可能发现我们在做什么了。"

斯塔夫罗斯惊得说不出话来。他家在塞萨洛尼基附近的一个小村庄，多年前，他和几个朋友从老家去过雅典一两次，途经比雷埃夫斯，走进一家音乐酒吧。他清楚记得那个一头红发的露萨。他和几个朋友都迷上了她，而此时发现自己竟然与她并肩同坐，简直太惊讶了。而阿加西则因有人还记得她年轻时的风采而欣喜。

当他们终于离开时，天色已经大亮。阿加西女士挽着马诺利和斯塔夫罗斯的胳膊，一起走回寄宿旅馆。

"你今夜真太了不起了。"马诺利热情地说。

"真正的歌后！"斯塔夫罗斯在她耳边低声说。

"你真该自己看看你当时脸上惊愕的表情，马诺利。"阿加西女士笑着说。

"可是……你以前从没提过啊!"他答道,使劲攥一攥她的胳膊。

只剩三四个小时了,他们都得回修船厂上班,马诺利直接回房间睡觉去了。第二天早上,他见斯塔夫罗斯从阿加西女士的套房里出来,并不惊讶,随后几天也一样。他笑了,起码有两个人获得了某种幸福。

那场首演之后,那家布祖基亚约定让阿加西女士每周演出一次。马诺利每次经过她门口,都能听到她在练歌。走廊里不仅回荡着音乐,还弥漫着幸福。

几天后,他要把曾装满菠菜米饭的午餐罐还给她,便去敲她的门。歌声立即停下来,门开了。

"马诺利!"阿加西开心地说,"进来!我给你冲杯咖啡。"

马诺利以前从没进过女房东的房间,但这里和他想象的一模一样。房间的主色调是粉色,装饰着羽毛、荷叶边窗帘和花卉图案,让他联想到小歌星的化妆间。甚至还有一个装饰着一圈亮闪闪灯泡的镜子。有一处凹室打着顶天立地的架子,上面摆满瓷质小人儿,他踱过去细看。那些小瓷人儿大多是穿戴着过去几世纪欧洲服饰的优雅贵妇,其中还夹杂着几个迪士尼人物。马诺利认出有白雪公主和七个小矮人、漫游奇境的爱丽丝和《彼得·潘》中的奇妙仙子。他笑了。这群展示王室贵胄、奇幻梦想的人物,看上去与这位女藏家真是绝配。

此外,房间内还摆着一台颇新的留声机,旁边地板上东倒西歪地堆着数百张唱片。

艾丽羞涩地从卧室里走出来,脸红得像她姑姑家里摆的丝绸玫瑰。她正要出门上夜班。

"再见,姑姑。"她对姑姑说,从马诺利身边经过时,她瞟了他一眼。

马诺利坐下,环顾了一下房间。

"下周我的演出,你去吗?"阿加西端着一杯水回到房间,问道。

"当然了,阿加西女士。告诉我时间就行。"

"斯塔夫罗斯也说去。"阿加西笑着说。

马诺利把水一口气喝完,冲她笑了笑。

过了一会儿,她给他端来一杯咖啡,还有一个垒得摇摇欲坠的花卉果碟,上面堆满了希腊美食,玫瑰花瓣露可蜜[1]。

他喝完咖啡,她伸手去拿他的杯子。

"让我看看,行吗?"

阿加西喜欢释读咖啡渣,马诺利并不奇怪。

她把杯中的残液倒进碟子,仔细查看杯底剩下的粗渣。她煞有介事地沉吟了片刻。

"我能看到某种黑暗的东西,"她说,"非常黑暗的东西。在你的过去。"

马诺利坐在那里,点着头,陪她演下去。他不相信她会靠他

---

[1] 露可蜜(Loukoúmi),一种希腊家常吃的软糖,由水、糖和淀粉制成。

那点个人物品推断出任何结论，而且几乎可以肯定，她已经看过关于审判的剪报。他并非没有留意到，他放在抽屉里的信封移动到抽屉的另一边，但他并不在意，他相信她。

"但是马诺利，这是过去。我能看到光明即将到来。我能看到爱。"

像许多刚刚陷入爱河的人一样，阿加西希望身边所有人都能被爱情环绕。

她伸过手摸了摸他的手。与他粗硬的皮肤相比，她的手指摸上去像绵纸那样柔软。

"你会找到新恋情的，"她肯定地说，"我的心碎过很多次，但多亏了你，连我这个老太婆都找到了一个出色的男人。"

她是好意，但马诺利对爱情并无准备，就像一个宿醉未消的人不打算再来一杯法国白兰地。

"斯塔夫罗斯是个好人，"他真诚地说，"我真为你们高兴。"

"你的心会愈合的，"他离开时她说道，"如果我的心能愈合，那你的也会。"

"但愿如此吧，阿加西，"马诺利回答道，"我真的希望会。"

夏尽秋来，十月末气温宜人，很适合干活。扬尼斯又签下一份合约，开始给组员们施压，催促大家加快进度。所幸老天配合，没有下雨，一天工也没耽误。放过新年假之后，到四月底，工程接近完成。

在最后一次走向佩涅洛佩号的路上，马诺利经过一个船坞，里面好几艘船正在建造中。船坞规模大得惊人,一台台巨型起重机如同机警的长颈鹿,矗立在尚未完工的船周围,那些船则像仰卧在地的庞大的动物骨架,白色的肋骨对称完美,仿佛由上帝亲手打造。

他为它们的美而赞叹不已,心中想象,若是能参与这样一个漫长而有成就感的建造过程,该是多大的乐趣啊。就在那天,一艘新船正沿着那条长长的滑道滑入水中。工人们站在那里,亲眼见证自己几年的工作成果随船的下水终告完成,这令马诺利艳羡不已。就像一个新生命的诞生。

"嘿,先生!"一个工人注意到马诺利羡慕的表情,冲他喊道,"想找活儿吗?"

马诺利摇了摇头,他知道自己对他的团队来说不可或缺,他不能离开。

那天晚上,全队人出去庆祝完工,九名队员共同举杯。

"为大海干杯!"扬尼斯在音乐声中大喊道。

"为大海干杯!"大家齐声高喊。

"愿大海永远为我们创造工作!"佩特罗斯喊道。

"人把船造出来,大海把船毁掉,"扬尼斯微笑着对马诺利说,"我们就再造。循环往复。"

马诺利环顾一下工友。他和这些人一样,从时间与毁坏的关系中获益。

过去的几个月里,他一直忙着刮掉藤壶,修复海盐对船造成的损害,因此对这样的循环了如指掌。这已深入他的骨髓,嵌进他的指甲缝里。

他们喝了一轮又一轮,服务员不停送上一瓶又一瓶火辣辣的茨库迪亚[1]。

"留下来吧,"扬尼斯伸出一条胳膊揽着马诺利说,"永远有干不完的活儿。"

马诺利环顾着这些值得信赖的朋友的面容。这支队伍像是被某种磁力凝聚在一起。自从他跳过泽贝吉克舞的那个晚上起,他就被大家接纳了。好像任何经历过痛苦的人,不管是什么导致的痛苦,都可以成为他们中的一员。这些人就像他从未有过的兄弟一样,来到比雷埃夫斯,各有各的原因。虽然嘴上绝对不会承认,但他们的友情对每一位都弥足珍贵。

扬尼斯新签的合约是修理一艘巨型油轮,比他们过去几个月一直修的那艘船大五倍,船主是"黄金五巨头"之一。五巨头还包括尼亚尔霍斯[2]和奥纳西斯[3],他们的名气如今甚至压过希腊诸神。这一任务对扬尼斯来说很珍贵,如果他们团队干得出色,报酬会十分丰厚。此外,由于航运业指数级增长,接下来的工作很可能干都干不完。

马诺利答应留下来。他在寄宿旅馆生活很舒适,阿加西心地善良,她的侄女很可爱,他的房间干净整洁,楼上的妓女也从没

---

1 茨库迪亚(Tsikoudiá),又称克里特拉克酒,是用葡萄渣酿造的白兰地。
2 尼亚尔霍斯(Stavros Niarchos,1909—1996),希腊船运大王,艺术品收藏家和慈善家。
3 奥纳西斯(Aristotle Socrates Onassis,1906—1975),人称希腊船王,以其传奇的创业历程和风流韵事闻名于世,曾娶肯尼迪总统遗孀杰奎琳为妻。

打扰过他——如阿加西所言,她们通常只在白天接客。

偶尔他也会瞥见某个妓女,但她们引不起他的兴趣。心情好的时候,他会和几个年轻工友去酒吧。他也会和姑娘跳跳舞,但仅此而已。

组里其他人偶尔会逗逗他。

"马诺利,你是喜欢男孩子吧?"

他笑一笑,对这类旁敲侧击并不生气,而是反唇相讥:

"我是没兴趣,佩特罗斯,但是你可以请便!"

经常有不少青年男子在周围晃荡,假如偶尔有队友跟他们约会,他也从不说三道四。

阿加西预言他有朝一日会找到新的恋情,就算她猜对了,他也依然会将安娜珍藏在心底。每天晚上,他都会凝视着她的照片,即便他梦中不再呼喊她的名字,她依然不时造访他的梦境。

第八章

马诺利偶尔会收到安东尼斯寄来的字迹潦草难辨的信,从中获知婶婶去世的消息,心中深感悲痛。多年来,埃莱夫塞里娅·范多拉基斯几乎像亲生母亲那样照顾他,他却连葬礼都没能参加,这让他尤其难过。她还不算老,怎么就走了呢?他知道,那个八月夜晚发生的事,肯定对她造成了毁灭性的打击,也许这正是她过早离世的原因吧。

值得欣慰的消息是,玛丽亚终于同那位治好她麻风病的医生结了婚,他们还收养了小索菲娅。读到这里,他的思绪长久以来第一次飘向他的教女。虽然安娜暗示过,说不定他就是索菲娅的父亲,但马诺利一直不去想这种事。他们一直小心行事,可即便如此,也不敢保证万无一失。无论自己是不是索菲娅的父亲,马诺利都为她高兴,因为玛丽亚和克里提斯医生如今住在圣尼古劳斯,小姑娘可以在这个风景宜人的海滨城市长大成人,而不是在奈阿波利那座令人生畏的范多拉基斯老宅中。马诺利一直不喜欢老宅中那些沉重的橡木家具,那些用细密的蕾丝窗纱和厚重的窗帘遮挡起来、永远处于黄昏状态的房间。

安东尼斯信中谈到他的新工作,很为这一行业的高回报而得意。他现在干建筑,赚得盆满钵盈,自己都建了一幢五层楼房,下面几层对外出租。他禁不住向马诺利炫耀,除了卡车,他现在还拥有一辆凯旋先驱,整个圣尼古劳斯就他这一辆。他如今只缺一样东西,就是一条足够长、足够直的路,能让他把车开到最大速度。他在每封信中都对马诺利讲,老朋友要是回来,他永远不缺活儿让他干。

安东尼斯信中从没提及过任何女人,尽管他总会讲到妹妹佛提妮和她的两个孩子。

当涉及某个特定话题的时候,佛提妮仍然是安东尼斯唯一会吐露心声的人——除了她,没有人知道他曾痴情于安娜,而这份痴情却以他认定的令他颜面扫地的拒绝而告终。他与佛提妮手足情深,谈到这一点时可以直抵问题核心。

"安东尼斯,到底还要等多久?"

"佛提妮,我不会只是为了结婚而结婚的。"

"我不是说这个,"她答道,"你知道我的意思。你什么时候才能忘掉她?"

至于"她"是谁,无需解释。

"你自己也承认,到头来你也不喜欢她了!"佛提妮不依不饶,"而且都过去这么多年了。"

安东尼斯知道妹妹说的在理，自己在一段早已变质的恋情中纠缠得太久了。他自己也承认，对那个死去的女人和她那个被审判的丈夫的刻骨仇恨已变成习惯，一种逐渐毁掉他自己的习惯。

"你在浪费生命。"佛提妮一语道破。

"你这口气跟咱爸妈似的。"安东尼斯打趣道，想轻描淡写地挡开她的话。

"你难道不想要孩子吗？"

"我跟你的孩子玩就好啦。"

的确，安东尼斯和外甥们很亲昵，刚才还在外面和老大马特奥斯踢球。佛提妮的孩子也很爱舅舅，尤其喜欢他开着新车带他们兜风，或者在圣徒纪念日送他们诱人的礼物。

令安东尼斯转念的，只是一件小事。一天早上起床，他注意到枕头上有几根头发，第二天又多了几根。他对着镜子检查了一会儿，证实了自己的怀疑——他的发际线开始后移了。这是他头一次意识到生命的脆弱，再过几周就是他的生日，三十五岁生日。他父亲在这年龄已经有了个十五岁的儿子。想到这点，他的心头一颤。

大约一个月后，安东尼斯挽着一个姑娘出现在佛提妮的饭馆。透过厨房的小窗，佛提妮看他走了进来。

"斯特凡诺斯，你瞧！"她一扯丈夫的袖子，"安东尼斯！跟一个女孩！"

把女朋友带回自家饭馆可是非同小可的事。安东尼斯自豪地把安娜斯塔夏介绍给大家。她刚刚在锡提亚通过护士资格考试，来圣尼古劳斯的医院工作。她美丽、真诚,还有点儿腼腆。

这一对儿前脚出门,佛提妮就对斯特凡诺斯说,这姑娘和安娜只有一点像,就是长得漂亮,共同之处仅此而已。安娜斯塔夏,用佛提妮的话说,是个单纯、实诚的姑娘,这话从佛提妮嘴里说出来已经是最高的赞美了。

"她不会像安娜那样耍心眼儿,"那天晚上,她直率地对丈夫说,"看得出来,她是好人。"

斯特凡诺斯话不多,他只点点头,听妻子说下去。

"而且我还从没见过安东尼斯谈恋爱呢——至少没正儿八经谈过。"

"好吧,只要安娜-斯塔夏不准备用她名字的缩写……"斯特凡诺斯打趣道。

佛提妮轻轻打一下丈夫的胳膊,俩人都哈哈大笑起来。

几周后,玛丽亚去布拉卡看望佛提妮。索菲娅和马特奥斯吱哇尖叫着到处疯跑,两个女人则喝着咖啡聊天。她俩背对着马路,眺望大海。孩子们在外面嬉闹,佛提妮没听到哥哥那辆车发出的辨识度极高的声音。他进村时总把车开得飞快,然后吱一声来个急刹车。

过了一会儿,他蹑手蹑脚走到佛提妮身后,搂住她,在她头上亲了一下。

"安东尼斯,"她开心地转过身来,"星期三下午哎,什么风把你吹这儿来了?"

安东尼斯热情地跟玛丽亚打过招呼,拉过一把椅子坐下。两个女人都看得出,他心里有事儿,急不可耐地想告诉她们。

他再也绷不住了,一把抓过妹妹的手,脱口说道:"我们要结婚了!我和安娜斯塔夏,我们要结婚了!"

佛提妮吃了一惊。她一直盼着安东尼斯结婚,可这事好像来得也太快了点儿,便忍不住说出心中的疑虑。

"她是很招人喜欢,"她说,"可你才认识她几天啊,是吧?而且,她是不是也小了点儿?"

"佛提妮,这有什么关系!你哥爱就爱了,哪来那么多顾虑!"玛丽亚插嘴道——毕竟她就嫁了个比自己大很多的男人。

"玛丽亚说得没错!那些我都不在乎。"

佛提妮太清楚了,安东尼斯在一个不爱他的人身上浪费了这么多年,只是这话不能当着玛丽亚提。

"好吧,"佛提妮说,"要是你确定的话,那我也为你开心。什么时候办喜事?"

"只要能安排好,尽快吧。三个月以后怎么样?"

"婚礼就在这儿办,怎么样?"

安东尼斯乐得合不拢嘴。

"安娜斯塔夏家人不多,只有父亲和一个妹妹,不在锡提亚办他们也不会有意见。我相信他们都很乐意到布拉卡来。"

"那咱们这就给斯特凡诺斯说去!他要开始筹划菜单了!"佛提妮急忙向厨房走去。

"恭喜你,安东尼斯!"玛丽亚紧紧握住他的手,"我真希望尽快见到她。"

"你俩肯定会谈得来，"安东尼斯答道，"她是个好姑娘。"

婚礼请柬寄到比雷埃夫斯时，马诺利把它放在壁炉上方的台子上，思量要不要去。村里人会怎样？假如他露面，他们会怎么说？从法律上讲，他没有犯罪。背井离乡，是他自觉自愿。他完全有权利重返故里，谁要是有不同看法，他也大可直面。

是利是弊，各种假设，在他的头脑中翻腾了好几天。那一周他机械地干着活；手脚动着，脑子想的却都是回到布拉卡的景象。是的，他会去的。

等他终于拿起卡片回复时，才第一次留意到婚礼的日期。日期的字体比新娘新郎的名字、教堂的名字等都要小得多。此时他看到卡片下面有一行小字：8月25日。

正是那一天，布拉卡一场热闹的欢庆被突然打断。他推测安东尼斯的新娘对布拉卡的旧事一无所知，但肯定有很多参加狂欢的人依然记在心上。他不清楚安东尼斯是不是有意选了这一天，好借此机会将那些痛苦的回忆埋葬。也许对他来说，这既是结束，也是开始。又或者他完全没想到这一点。这事马诺利没法问他，但他立刻决定还是不去参加婚礼了。

于是他在信中写道：太遗憾了，眼下这艘新船工期很紧，实在难以脱身，哪怕一天时间也抽不出来。祝你们度过美好的一天！

信寄出去了，他也没有后悔。也许布拉卡的村民已经准备再次欢宴舞蹈，可他还没有准备好。

就在安东尼斯举行婚礼的那天，马诺利走进教堂，为安娜燃起一支蜡烛，纪念她两周年忌日。在布拉卡，玛丽亚和父亲同样如此。

几个月后，安东尼斯写信描述了婚礼的情况。看来一切顺利。同一封信中，他告诉马诺利，明年春天他和安娜斯塔夏将迎来第一个宝宝。

侄女出生后不久，一个星期天傍晚，佛提妮从布拉卡来看望宝宝。

安娜斯塔夏看上去十分疲倦，佛提妮从她怀里接过孩子，熟练地轻轻摇晃着。宝宝已经哭了几个小时，这时竟奇迹般安静下来。安娜斯塔夏终于可以喘口气，离开房间补觉去了。

安东尼斯看出妹妹有心事。突然间不请自到，这不像她的做事风格。

"你心里有事。"他开门见山。

佛提妮立即敞开心扉。玛丽亚家与这里只隔着三条街，佛提妮刚去看过她。克里提斯去参加一场麻风病国际会议，要过几周才能回来。

"安东尼斯，你绝对想不到她在盘算什么！"

安东尼斯想象不出玛丽亚会做出什么惊世骇俗或让人不安的事情。

"她问我能不能让索菲娅下周到我那儿待一天……"

这事本身好像没什么奇怪，索菲娅喜欢去找佛提妮的孩子一起玩。

"……你能想象是为什么吗?"

安东尼斯摇摇头。

"她要去见安德烈亚斯!去探监!"

她把嗓音压成低低的气声,唯恐吵醒孩子,可孩子还是觉出姑姑的焦虑,又哇的一声哭了起来。佛提妮又站起身,抱着婴儿摇晃起来。

"这简直难以置信,安东尼斯,"她说,"他可是杀了她的姐姐呀。"

佛提妮急得都快哭了,安东尼斯把婴儿从她怀里接过来。

"我觉得她不该去,我也这么跟她说了。我觉得她不该去见杀害她姐姐的凶手。"

"你说得没错,"安东尼斯说,"可你也没办法拦着她呀,对吧?"

"是啊,"佛提妮说,"她好像打算原谅他了。我想不通怎么会有人能原谅他。你说呢?"

"她跟她父亲说了吗?"

"没有,这事吉奥吉斯绝对不知道,不然她就会去找他来照顾索菲娅了。"

"不知道监狱里面是什么样子。"安东尼斯若有所思地自语。

"她会说给我听的,我猜啊。"佛提妮说,"但我觉得,奈阿波利监狱到底什么样,是想象得出来的。喂,听着,答应我,谁都不能告诉……"

安东尼斯点点头。

"我觉得这事她得避人耳目,这样对大家都好,"他说,"不用说,我是会保密的。我相信,她去肯定有去的理由。"

这会儿宝宝又安静下来。

"好纯真的小可爱。"佛提妮深情地说着,亲了亲宝宝的小脑袋。

第九章

下周四上午十点左右,玛丽亚带上索菲娅来到布拉卡。那是初夏的一个热天儿,小女孩马上要见到自己的小朋友,兴奋得简直冒泡泡。她快五岁了,马特奥斯六岁,小佩特罗斯也快三岁了。这仨孩子就像表兄妹一样亲。

索菲娅一到就和两个男孩跑出去玩儿了,玛丽亚与佛提妮说了几句话,也匆匆离开了。

那天佛提妮休班,不用去饭馆。她打算大部分时间都带孩子们在海滩上玩儿。他们要去那片一直绵延到海边的松林树荫下,用贝壳做项链,搜集极光滑、极白净的鹅卵石;他们要把那些东西带回家,等睡过午觉,后半晌的时候,就在捡来的鹅卵石上画画儿;待到日落时分,再去海边戏水。这样一整天就安排得满满当当的了。

公共汽车从布拉卡出发,驶往圣尼古劳斯,之后再开往奈阿波利。玛丽亚瞧见佛提妮已带着几个孩子走到海滩上。她回想起与佛提妮共同度过的无忧无虑的悠长的童年时光,脑海中浮现出她们打水漂、在浅水中嬉戏捉鱼的画面。经常一起玩耍的有她的朋友迪米特里·里莫尼亚斯,还有安娜和安东尼斯。斯皮纳龙格岛漂浮在海平线上,阳光在海浪上闪闪发着光,有几位老人坐在咖啡馆里。一切都是那么熟悉,而她的世界却早已天翻地覆。虽然审判已过去两年,但那几个月间发生的事,却依然恍如昨日。

公共汽车行驶缓慢,玛丽亚有足够时间为眼下要做的事担忧。奈阿波利的监狱声名狼藉,听说那里的看守跟囚犯一样凶狠,她知道,女人到了里面,如同羊入虎口。

而实际的经历比她想象的还要糟。人还没到监狱,痛苦的煎熬就已经开始了。监狱离城区很远,下了公交车,还要步行三公里才到监狱大门口。即便从远处看,监狱也森严可怖。高墙耸立,令人望而生畏,玛丽亚走近时,看到墙顶上缠绕着一重重扭曲生锈的带刺铁丝网。里面的囚犯即便爬得上墙顶,也会被铁蒺藜刮得体无完肤,想必不会有人敢以身犯险,设法越狱。

走近监狱时,她发现外面排着一队人。队伍沿着墙壁排了很长。她前面排着五十来个不同年龄的女性,很快身后也排了不少。她们衣衫破旧,大多数人头上包着围巾把脸遮住。眼前的景象让她恍如重返斯皮纳龙格岛,往事历历在目。队列中好几位女性背弓得厉害,走这么长一段路,肯定相当艰难。女人们个个形容消瘦,彼此也不怎么说话。玛丽亚注意到,排在她前面的那个女人正用披巾遮挡着给婴儿喂奶。

有的女人好像带了篮子,里面盛的大概是食物。玛丽亚没想过来探望那个人还要带点什么东西。

快排到队首的时候,她才弄明白自己为什么等了一个半小时。监狱的侧墙上嵌着一扇厚重的门,上面装着金属栏杆。女人们一个挨一个,排到门口时得踮起脚尖同里面的警卫讲话。警卫对回答满意才会开门放人进去,有些则被拒之门外。

轮到玛丽亚了,她的心怦怦狂跳。

"囚犯姓名?"

"你的姓名?"

"与囚犯关系?"

"与囚犯关系证明?"

对于最后一个问题,她应该出示某种文件。她拿出姐姐的结婚证书和死亡证明,递了进去。

她听到门闩拉开的声音,门开了道缝,她刚刚勉强挤进去,门就在她身后砰一声关上,把她惊得一哆嗦。更多关于斯皮纳龙格岛的记忆涌上心头。她想起自己走进隧道登上那座岛的时刻,想起大门在身后哐当关上的声音。同那时一样,她满怀惊惧惶恐。

眼前的景象犹如地狱。在三米高的带刺铁丝围栏的另一边,是几百个身着褴褛工装的男人。他们拖着脚步,一个紧跟着一个,在院子里转圈子。她看到,在囚犯们低垂着的一律剃光的脑袋上方,有个男人像马戏团驯兽师一样噼噼啪啪地甩着鞭子,而囚犯却没一个抬头去看。

也许安德烈亚斯就是其中一个,但玛丽亚不敢仔细打量那群可怜人。

院内臭气熏天。高墙内的封闭空间和初夏的气温肯定已经把人类排泄物蒸到了发酵点。玛丽亚抬手捂住口鼻，但还是差点呕出来。

"进去！"警卫随手一指围栏里面的一间小屋，厉声喝道。

玛丽亚走进那扇开着的门。前面进去的女人都不见了踪影，一名监狱官懒洋洋地靠在椅子上，双脚搭在办公桌上，抽着烟。

"坐吧。"他用夸张的客气口吻说道。

她很感激能避开外面的恶臭，虽说这狭小空间中的烟味也令她窒息。她抬起头，看到一双冷漠的毫无同情的眼睛。

"你为什么要见这名囚犯？你们又不是亲戚。"

玛丽亚觉得自己真笨，竟没有料到自己的行为还需要解释。

"他是我姐夫。"她只得说。

"我想你姐姐已经死了吧。"

"是的。"

"也就是说，他是你曾经的姐夫。"那男人咬文嚼字地说。

他站起身，走到墙角文件柜前，开始在一堆乱糟糟的东西中翻找起来。找到后，他举到离脸几厘米的距离看起来。他矮个子，花白头发，短外套敞着怀，一圈肥肉从裤腰上方涌了出来。一串串汗珠顺着他的脸往下滴，又流进脖子里，汗水将衣领浸得比别处颜色要深。

"这个男人，是杀人犯。他杀害了妻子，也就是你姐姐，对不对？"

玛丽亚点点头，觉得明智的做法就是顺着他说。

"我们这儿经常有你这样的人进来，来这儿纯粹就是为复仇。要是正义没得到伸张，他们就会进来自己下手。其实呢，我不怪他们，要我也会这么干。"

他重新坐下，看着她。

"说来你未必相信，来报仇的多数是女人。好像女人恨起人来比男人更有常性。当然啦，这也会减少我们这儿囚犯的人数。你看，这里面人满为患，三人间的牢房里挤了六个人，我又有什么办法？"

很显然，这男人爱说话，她只好耐着性子听下去。

"如果你想进去，我倒是可以让你进去。"

玛丽亚刚说出"谢谢"两个字，那男人又滔滔不绝起来。她心想，他是不是在等她行贿？

"一般来说，我只允许血亲探视，但我想你也算是'血'亲了吧，"他说道，"从某种角度上说。"

他自鸣得意地笑了起来，很为自己说了句笑话而得意。

"看起来，好像还没人来看过他……"

玛丽亚猜想过，他家人会不会探监，现在她知道了。三年来，他没有见过一个亲人。

"……而且只有这一封信。"

一页薄薄的纸从文件夹中飘出来，落在玛丽亚脚边的地板上。她捡起来，礼貌地递还给他，但还是留意到信末有安德烈亚斯的姐姐奥尔加的签名。

监狱官把那页纸几乎贴到脸上。

"他母亲。信不是他母亲写的,而是写他母亲的。她死了。"

玛丽亚点了点头,她不想惹恼这男人。

"我们不允许因犯保留信件;要知道,犯人的信件必须归档。对了,外面那些只是一部分因犯。你找的范多拉基斯今天关在里面。根据这个,"他挥了挥手中的文件,"他是周六放风。所以我会叫人带你去。他就在旁边。"

他们在尴尬的沉默中坐着。那人又点了一支烟,把双脚放回到桌子上,拿起一张报纸看了起来。过了好几分钟,终于一个警卫出现了。

"范多拉基斯,"监狱官懒洋洋地说,"德尔塔区 27 号。"

玛丽亚被带到靠外墙修建的一栋质量低劣的大楼中。在楼内,她看到之前放进来的一些女人。她们在一张很长的条桌前坐成一排,长条桌中间拉着一堵密实的铁丝网隔断,把条桌隔成两部分,铁丝网后面坐着女人们前来探视的男人。只有一个座位空着,玛丽亚走过去坐了下去。

房间里有些人在哭泣,有女人也有男人;有些人在喊叫,用拳头捶打着长桌;还有人在热烈地谈着话,也许是在表达爱意,或交代秘事。房间四角各设一名警卫,每当屋内过于喧嚣时,便会有一名警卫站起来吼上一嗓子,命大家保持安静。

警卫已经去提安德烈亚斯了。这事貌似相当费力耗时。玛丽亚坐在那里,尽量不去看任何人。安德烈亚斯不知道她要来,说不定他还有权拒绝探视。她满脑子都是问题。她到底为什么要来?她很难说清理由,正是为此,她甚至都无法向自己的挚友解释。她和安德烈亚斯谈什么呢?她又能指望他些什么呢?等候的几分钟让她有足够时间质疑起自己此举的对错。

她差点儿就要起身溜走,但为时已晚,铁丝网格后面有了动静。这会儿那里站着一个人。她俯身向前,但房间光线太暗,除了一个轮廓,她几乎什么也看不清,只能分辨出那人双手被铐在身前。那人坐下来,看得出他也俯身凑向她。

她慌了,警卫肯定搞错了,带错了人。这个光头、样子像鸟一样的人不是安德烈亚斯。她转身,想看能否引起警卫的注意。就在这时,在周围的一片嘈杂之中,她听到一个熟悉的声音。

"玛丽亚吗?玛丽亚·佩特基斯?"

一个人无论外形变化有多大,说话的声音却终究不会变。悲伤、虐待和忍饥挨饿已经使他面目全非,难以辨认,但听声音,毫无疑问,就是她的姐夫。

玛丽亚向前凑了凑,仔细端详着紧贴在铁丝网格后面的那张脸。

"是的,"她说,"我是玛丽亚。"

他的外貌令她震惊。尽管她在院子里看到过其他囚犯,个个都同样可怜,可她竟天真地以为安德烈亚斯·范多拉基斯还会是老样子。她原以为,哪怕身陷囹圄,他的尊严与社会地位也会使他鹤立鸡群。现在她意识到自己这想法有多蠢。在这样的人间地狱,所有人都会沦落潦倒。

自从佛提妮对她的计划第一次提出疑问那天起,玛丽亚就心存疑虑。下公交车后的几个小时内,她多次怀疑自己这到底是在干什么。而现在,安德烈亚斯就坐在离她一米远的地方,她突然见到了此行的意义。这意义就写在他脸上那无限的感激之中。她仅是坐在他面前,就给他带来了幸福的时光。

隔着铁丝网这一扭曲的棱镜,一切都朦胧不清,但她能看到他的眼睛。那双眼嵌在一张瘦削、干瘪的脸上,显得特别大。

有那么一会儿,他们凝视着对方。周围十分吵,他们必须身体前倾,两人的脸都快贴到铁丝上了,不然根本听不到对方说什么。

"你为什么来了?"

这是安德烈亚斯唯一关心的事,也正是玛丽亚说不清楚的事。她的确解释不清楚自己的动机。

没等她想出合适的回答,铃声骤然响起。那声音响亮刺耳,无论他们想说什么,现在也根本说不成了。伴着椅子在地面上发出的巨大刮擦声,不等警卫发出命令,所有囚犯同时起立。他们都知道,稍一磨蹭,就会立即招来一顿暴打。四名警卫现在正把他们赶出房间。许多人边走边回头向探视人喊出最后几句话,但那些话都被淹没在一片嘈杂之中。

探监的人也都站起来,只是没那么匆忙,她们默默朝门口走去。

玛丽亚有种被捉弄的感觉,她和安德烈亚斯只见了这么一小会儿。坐了那么久的车,走了那么远的路,等了那么长时间,最后却只看了一眼。

"你得早上八点之前赶到这里,"刚才坐在她旁边的女人说,她注意到玛丽亚刚坐下探视就结束了,"这样一般能待上十五分钟。不过,顶多也只有十五分钟。"

玛丽亚想,下次她要赶圣尼古劳斯开出的第一趟车。和安德烈亚斯只待了那么一小会儿根本不够。她从那个女人那里了解到,每月只能探视囚犯一次,于是她一回家,就在日记本上记下了下次探视的时间。

几天后,克里提斯在开罗开完会回到家里。玛丽亚得告诉他,她去探视过安德烈亚斯了。她一直等到索菲娅睡着。

她丈夫是个极富同情心的人,可尽管如此,他还是表示怀疑,那地方可是人称希腊最声名狼藉的监狱之一,他妻子真的有必要去吗?

"这么说,你是一个人去的?"他努力抑制住心中的恼怒。

"克里提斯,他们不允许两个人同时去。"她说,"只能一个人去。"

"可为什么现在去?"他问道。

"我想是因为索菲娅吧,"玛丽亚说,"每次看到那个孩子,我都会看到安德烈亚斯。而她却不认识他,没有关于他的记忆,想想心里就难过。"

"可把这告诉孩子也不对啊,现在我们才是索菲娅的父母,实情就是如此。"

"我只是觉得……"

"觉得什么,玛丽亚?"

克里提斯很少对妻子或女儿说一句严厉的话。

"我认为你的心思首先应该放在索菲娅身上,"他说,"而不该花太多时间考虑安德烈亚斯·范多拉基斯。"

"也许是因为快到她的生日了吧。"玛丽亚找了个借口。

"我根本看不出这有什么关系。她一天天长大,这件事也会越来越无关紧要,而不是越来越要紧,是不是?"

夜深了,克里提斯刚从埃及回来,已经很疲惫。玛丽亚给他倒了杯威士忌,走过去,在沙发上挨着他坐下。

"可是,即便索菲娅永远不知道发生了什么,我还是觉得应该告诉安德烈亚斯,孩子一切都好。不然他怎么会知道呢?"

克里提斯耸了耸肩,不知道该怎样回答妻子。他这么快就爱上这孩子,视之如同己出,本能地想保护这宝贝孩子。他揽过玛丽亚,她依偎在他怀里。

"监狱里的人告诉我,从来没有人去探视过他,一个都没有!"

"他父亲居然没去看他,这倒是出乎我意料。"克里提斯答道。

"我倒不惊讶。"玛丽亚肯定地说,她比丈夫更了解范多拉基斯家族,"家族荣誉至上……想象一下他们的耻辱吧,亲爱的。"

他们沉默地坐了一会儿。

"而且那里面,太可怕了,让人毛骨悚然。臭气熏天,污秽不堪。还有他们脸上的表情。我觉得那老人根本受不了。我很欣慰他母亲从没见到这些。"

"他母亲已经去世了,不知道安德烈亚斯知不知道。"克里提斯若有所思地说。

"他姐姐写信告诉他了，"玛丽亚回答，"我见到她的信了。"

两人又沉默了一阵，谁都没说话。还有一个迫切的问题还没有问。

"那，你还打算去吗？"

玛丽亚探视安德烈亚斯的时间不过两分多钟，所以根本没想过这是最后一次。那短短的时刻一直萦绕在她心头。她的目光直抵一颗被遗弃的灵魂的深处，看到因为有人还关心他，会来看他，他脸上显出的如释重负的表情，这让她永远铭记。

她心里已经定下了日期，可还是犹豫了一下才回答。

"去，"她坚定地说，"我想去。"

克里提斯毫无保留地爱着妻子，也始终对她表示尊重。

"只要你觉得这样做合适，"他说，"那我也不会硬要你改主意。"

"克里提斯，安德烈亚斯·范多拉基斯永远不会被释放的，所以我这样做不会改变索菲娅对任何事情的理解。"她知道这是她丈夫最担心的事，担心有一天可能会失去女儿。

"好吧，玛丽亚，但下一次我会开车送你过去，在外面等着，好确保你安全。"

"这没有必要，亲爱的。你有工作要做，我坐公交车去就行。但你可以请几小时的假照顾索菲娅，那样我就不用把她送到佛提妮家去了。"

"怎么合适怎么来吧。你去之前，我们可以再讨论一下。"

那天夜里再没什么可说的了。玛丽亚的做法让克里提斯内心不安,但他不该也永远不会妨碍她天性的善良。当初吸引他的,正是她这种善良的品性。

在斯皮纳龙格岛度过的那段岁月中,玛丽亚因为信仰上帝而获得力量。她在圣潘特雷蒙小教堂里点燃的蜡烛比山坡上的野花还要多。她既为病人也为健康人祈求怜悯。她既为斯皮纳龙格岛上的人祈祷,也为大陆上的人祈祷。她为全世界所有人的需求祈祷,为陌生人祈祷,为身边的人祈祷,甚至为不喜欢的人祈祷,比如岛上那位刻薄的老师克罗斯塔拉基斯太太,那老太太可没少难为她。她为死者的灵魂祈祷,也为活人的灵魂祈祷。但她从未祈求过结束苦难,苦难本身就是人类境遇的组成部分。

某些祈祷得到的回应是如此奇妙,哪怕她倾其一生把所有日子都用来感恩也不够。当麻风病的治愈方法终于发现时,她感觉就算把世间所有的蜡都做成蜡烛,把世间所有银矿中的白银都拿来还愿,也是不够的。当她终于同克里提斯结为连理,她该怎样感谢上帝呢?在经历了前几年的悲剧之后,他来到岛上,还爱上了她,仿佛有神明出手,改写了她的人生。

克里提斯并没有同样的宗教信仰。他是个务实的人,但他注意到,信仰给了玛丽亚力量,他尊重她的信仰和行动,尽管有时难以理解,比如她要与安德烈亚斯和解的愿望就是一例。

玛丽亚对上帝仁慈的强烈体验,决定了她如今的所作所为。如果基督宣扬宽恕,她怎能忽视这一教诲呢?从远处宽恕安德烈亚斯·范多拉基斯是一回事;而当面向他表示宽恕则是另一回事了。

每天夜晚，玛丽亚都要梳头五十下，这是她从小养成的习惯。她一边数，一边想象安德烈亚斯睡觉的阴暗牢房。一间牢房六个人，谁能睡得着呢？他们有床吗？有水吗？然而她知道，无论她想象得有多凄惨，实际情况都有可能更糟糕。

她表达同情之心的唯一有实际意义的方式，就是去探监。上帝对她的怜悯就是以清晰可见的方式体现出来的，那怜悯不仅是治愈不治之症的灵丹妙药，还表现为她身边酣睡着一位如此优秀的男人。

她开始掰着手指数起日子来，等待下一次探视时间的到来。

第十章

在比雷埃夫斯,马诺利白天干繁重的体力活儿,晚上与朋友饮酒聚会,就这样一周周飞逝而过。现在他挣的钱花不完,于是阿加西给他换了个宽敞得多的房间,只加了一点房租。新房间天花板很高,还有一个可以俯瞰主街的阳台。每天清晨,他被缕缕阳光和头班有轨电车的咔嗒声唤醒。在克里特岛生活时,清晨鸟儿的鸣啭和山羊咩咩的叫声曾是他的闹钟,而现在,那一切仿佛十分遥远。他承认,自己已经完全适应了城市生活,感觉比雷埃夫斯就是他的家。

对于像他这样失去一生挚爱的人,如今的日子也算快活吧。至少,安娜不是被人从他手中抢走的,对马诺利来说,这极大抵消了痛苦。嫉妒并非堂兄安德烈亚斯专有的特点,安娜亦不例外。他心里承认,要是谁敢抢走安娜,他准会要谁的命。这些天来,他很少再把那张洗礼照片从抽屉里拿出来,他无需再看。看那照片意味着也得看安德烈亚斯,而现在马诺利连自己的形象都不愿看。出了那件事之后,他的模样变化很大。那张照片被他塞进那个信封里,跟审判记录放在了一起。

马诺利过着没有爱的生活,与此同时,阿加西却整天漂浮在爱的云端。

"我跟他还是结婚吧,"她对马诺利说,"就咱们几个,然后再美美吃上一顿,怎么样?那样也挺好的,你觉得呢?我还看到一条长裙……"

马诺利很难想象出女房东穿上白色婚纱的样子,但她好像已经拿定主意。她一直未婚,如今简直急不可耐了。她的心,无论以前为谁碎过,也还都没彻底碎成末儿。阿加西就像她自己的几件瓷制摆件,渐渐重新粘成了个儿。

斯塔夫罗斯如今大多数夜晚都与女房东共度。早上他与马诺利一起离开寄宿旅馆,两人并肩步行上班,中途停下来喝一杯香醇的咖啡。斯塔夫罗斯是船员中最沉默寡言的人之一,现在稍微健谈了点儿。

每到周末,他们四个人——阿加西、斯塔夫罗斯、马诺利和艾丽,都会结伴看部新电影。在电影院里,阿加西和斯塔夫罗斯一直手牵手,有时甚至在黑暗中亲吻。

电影业蒸蒸日上,每月都会有一家新影院开张。有一个星期六,他们去看一部新拍的浪漫喜剧,对此阿加西热烈期盼已久,主演是美丽的女演员珍妮·卡雷齐[1],她动听的歌喉和精湛的演技

---

[1] 珍妮·卡雷齐(Jenny Karezi,1932—1992),希腊戏剧与电影女演员,代表作有《红灯笼》等。

都令阿加西倾倒。

出了电影院,他们一起去喝咖啡,之后吃一种名为格力高[1]的甜食。这种时候,马诺利得容忍艾丽爱慕的眼神,而他对她则像慈父对女儿那样和蔼。那天上午,阿加西悄悄对他说:"马诺利,等她再长大点儿就不会这样儿了。女孩子嘛,总要经历一场神魂颠倒的初恋。"他希望她说得没错。与此同时,他也从不给艾丽的爱火添柴。

女房东与斯塔夫罗斯在一起心满意足,马诺利也为他们高兴,只是觉得自己再也不会放手去爱了。他深信自己再也不会有那样深沉、那样强烈的感觉,遂将爱的念头坚决关在心房之外。

几个人在一家路边咖啡店落座。"他是我认识的最好的男人,"阿加西捏一捏斯塔夫罗斯的脸说,"他就像这冰激凌一样甜。"

斯塔夫罗斯微笑着握住她的手。

艾丽脸红了,她眼中的这场黄昏恋太让人尴尬,姑姑和斯塔夫罗斯看起来都那么老了,不该再搞这一套,可他们却表现得这样露骨开放,让她更难受。

"二十多年啦,"阿加西女士继续说,仿佛斯塔夫罗斯不在场一样,"我都没有体会过爱情。当那段感情结束时,我发誓:再也不恋爱了!"她用那只闲着的手猛地一拍桌子,震得几只盛圣代的盘子叮当直响,"真的,我的确发了誓!我说:再也不恋爱了!"

邻桌一对夫妻不悦地看着这个穿着俗艳的大嗓门女人,她身

---

[1] 格力高(Glykó),希腊经典甜食,将水果甚至橙皮等切丁,加蜂蜜或蔗糖熬制而成果酱状,用小勺挖着吃。

上的香水味更让人无法忽视她的存在。

"然后，我遇到了这个男人！这个可爱的、英俊的男人！他让我美梦成真。"

斯塔夫罗斯看起来很不好意思，他知道自己一点都不英俊。他握着阿加西的手，轻轻吻了一下，她也吻了吻他的手。

"啊，你们这对儿甜蜜的鸳鸯，"马诺利打趣道，"真是天生的一对呀！"

艾丽如坐针毡，马诺利赶紧叫服务员买单。他们的幸福自有让人艳羡之处，虽说让阿加西的侄女看得手足无措。

"总有一天你会明白的，我的小宝贝，"阿加西说，"爱情不单单属于年轻人。"

第二天凌晨时分，就连那些常在街头喧哗的醉汉也已经离去，楼下却突然传来大吵大嚷的声音。一个女人正吱哇乱叫着拼命砸他们的门。时值五月，所有窗户都开着。吵闹声不仅惊醒了马诺利，还惊动了整栋旅馆的房客和附近房子里的住户。

马诺利从阳台上探出身，看到一个女人，面容因愤怒而扭曲，以至于很难判断她的年龄，但她那头亮闪闪的金发，显然是染过的。

她抬头看到他，尖声叫道："我要杀了他们！我要把他俩统统杀掉！"

街两侧被尖叫声吵醒的其他人也打开百叶窗，探出身来。这样的闹剧无论何时上演，总能吸引观众。要是事情与他们无关，那就更有看头了，会演变成一场不折不扣的戏剧。大多数人都知道,姑娘们可以按小时租用阿加西女士的房间,他们猜测,某位追悔莫及的丈夫即将登场,被薅着衣领拉到街上拖走。这种好戏他们以前看过,好玩极了。

女人的尖叫声并没有减弱,砸门声也没有停歇。马诺利能清清楚楚地看到她,她又冲他尖叫起来。

"放我进去!你这浑蛋,放我进去!"

他听得出,门上的梆梆声不是用拳头擂的,而是用某种硬物,很可能是金属砸的。马诺利还知道,不用一会儿,这女人就会发现大门只是虚掩着。他退回房间,提上裤子,两步并作一步冲下楼梯。其他房客穿着衬裤站在楼梯平台上观望。

此时那女人已经进了门厅,马诺利见她手里挥舞着手枪,仍在尖叫。她认出马诺利就是刚才站在阳台上的那个男人,便朝天花板啪地开了一枪。

"告诉我,你这浑蛋,科斯塔斯和那个女人在哪儿!赶紧告诉我!不然下颗子弹就轮到你了!"

马诺利缓慢而小心地举起双手,尽量看起来毫无威胁。

"我知道她是谁,"女人稍微平静下来,说,"她是布祖基亚的老歌手。我十分清楚她是谁。他绝对不会跟个年轻姑娘私奔,对不对?年轻姑娘连瞧都不会瞧他一眼。"

马诺利恍然大悟,这女人没找错地方。无论这背后有什么原因,他都要不惜一切代价保护阿加西。她的房门依然紧闭,马诺利祈祷着,千万不要打开。要是女房东出来,毫无疑问,那颗子弹就归她了。

他知道唯一的策略是尽量让这女人冷静下来。首先，他必须让她把怒火发泄完。

"要知道，在咱这国家，想脚底抹油溜之大吉可没那么容易。我问你，在北方船上干活儿的人，不管是谁，要想消失，会去什么地方？"

"什么地方？"马诺利温和地说，试图与她对话。

"去南方的船上干活儿，对不对？连傻瓜都能猜得到。我猜他接下来就去那些岛上，他会想办法躲进安德罗斯或希俄斯的某个造船厂。"

她的手哆嗦得厉害，几乎握不住枪，更别说扣动扳机了，可是看枪口仍然对着自己，马诺利还是很担心。

"我猜他现在可能就在那里。"他壮着胆子说。

"哼，我不傻，我找了好几个月，可现在我来这儿了。一旦到了比雷埃夫斯，就只需要缩小范围，对不对？最终就会找到要找的人。你知道他在哪儿，是不是？"

她第一次换了口气，给了马诺利说话的机会。

"女士，"他轻言软语，"女士，"这并不是他第一次用甜美悦耳的声音来平息愤怒女人的怒火，他很清楚该用什么语气，"请冷静一下，你确定你找对地方了吗？我想其中可能有点儿误会。"

她放低枪口。此刻她稍微平静了点儿，仿佛复述她来到阿加西女士家的路线帮她镇定下来。这会儿她不是在叫嚣，而是在说话。

"我在找科斯塔斯，"她说，"科斯塔斯·康斯坦丁尼迪斯。"

恰在此时，马诺利见女房东的门开了一条缝。

阿加西女士该不会是要出来与情人的老婆对峙吧？她要真这样，恐怕连他也无力回天了。

但出来的并不是女房东，而是艾丽。她身着一件长睡衣，瘦瘦小小，那处子般的纯真形象仿佛让气氛来了个一百八十度大转弯。

"出什么事了，马诺利先生？"她问道。

此时，来犯者的手枪无力地垂到身旁。

"需要我们帮忙吗？"艾丽问那个女人，仿佛对方是来租房子的。

那女人又咆哮起来。

"不是她！"她尖叫道，"他不会跟这个瘦巴巴的小孩子在一起的，他是跟那个老歌手在一起。很多人都这么对我说，连那歌手唱歌的布祖基亚的服务员也这么说。不是她！"

趁那女人的注意力转向艾丽的当儿，马诺利一把擒住女人的胳膊，劈手夺过她手中的枪，没费什么力气。

"回去睡觉，艾丽。"他坚定地对她说，"我要送送这位女士。"

马诺利现在完全掌控了局面，他拘住那女人的两条胳膊，毫不犹豫地要把她撵出大楼。

"你走错地儿了，"他说，"你要再敢到这儿来，保准让你吃不了兜着走！快滚！"

那女人拼死命要挣开，怒火生邪劲儿，差点儿就让她得逞了。

"不管别人是怎么对你说的，这里压根儿没有个叫科斯塔斯·康斯坦丁尼迪斯的人。"说出这句真假参半的话，马诺利咣当关上门，从里面闩上。

他转过身，发现阿加西女士和斯塔夫罗斯站在门厅里。刚才的一切，他们都听到了。

其他房客都趴在栏杆上，目睹了发生的一切。阿加西、斯塔夫罗斯、艾丽和马诺利则一言不发，返身进了阿加西的套间，关上门。

马诺利看到，破天荒头一次，女房东一时竟说不出话来。

她在扶手椅上坐下，面白如纸，貌似在垂头端详地毯上的图案。斯塔夫罗斯在一把直背椅上坐下，点了一支烟。

艾丽迅速钻进她的卧室。

迟早得有人打破沉默，但与此同时，马诺利给大家端来水。他不想把他俩单独留在一起。

最后，阿加西女士开了口。

"那是你妻子？"声音低得几乎听不清，"那女人是你妻子？"

即使别的什么也听不见，可她对"妻子"一词的强调也使她的意思再清楚不过。

斯塔夫罗斯似乎吓得说不出话来。

"指使我侄女出去打掩护，也是你的主意？"

依然是沉默。

马诺利不想那夜再应付一场争吵，这时已是清晨五点左右，天色渐亮，于是他提出了唯一可行的建议。

"我觉得咱们都该想办法睡一会儿。斯塔夫罗斯今晚可以住我的房间，等到早上，你俩再好好谈。"

两个男人离开房间，到了楼上，马诺利把一条毯子扔在一张小沙发上,让斯塔夫罗斯在上面睡。他不想逼问自己的朋友,这事他要交给阿加西办。他得抓紧时间休息几小时。

马诺利醒来时已经过了九点钟,斯塔夫罗斯已经走了。

他跳下床。一想到阿加西伤心,他的心也无法平静,仿佛那是他自己的悲伤。他渴望保护这个可爱的女人,这位母亲般的人物,而她幸福的幻想已被击得粉碎。他觉得自己有责任,毕竟,要不是他,斯塔夫罗斯也不会遇到阿加西。

他洗漱,穿衣,然后轻手轻脚地走下楼梯。门厅地板上有一小堆破碎的石膏。

他抬起头,看到子弹打出的那个洞,猛然想起自己把那女人的枪落在阿加西的套间里,他倒水的时候把枪放下了。想到此,他心中大为不安。他把耳朵贴在门上,听到门里传来低低的声音。这事他不该插手,于是他走出旅馆,沿海滨信步而行,去他周日早上常去的那家可以俯瞰水面的咖啡馆找了个座位。尽管刚来的时候他渴望隐姓埋名,但还是选定了一两家最喜欢的馆子。和大家一样,他也喜欢别人能叫得出他的名字。

那是初夏一个晴好的日子。熏风轻抚肌肤,尚不至于酷热灼人;没有狂飙掀起怒涛,只有和风荡出细浪。五月独有一种怡人的甜美,到八月便不复存在。他回想起整整三年前他与安娜共度的美好时光,那时她还没有因妹妹要从斯皮纳龙格岛返家而陷入焦虑。假如她能平心静气,对马诺利有信心,而不是那么鲁莽行事,那该多好啊。假如……

他希望阿加西也能平心静气,说不定前一夜发生的事情自有缘由。

马诺利看了一个小时的《每日报》。主要新闻是土耳其发生的一场军事政变。安卡拉的任何风吹草动都会影响雅典政局，但眼下马诺利并不为此担心，除非它影响到航运业的活力。

又喝完一杯咖啡，抽完一支烟后，他终于起身离开。这会儿回公寓，大概时机比较合适。

他轻轻叩响了阿加西女士套间的门，是艾丽开了门。

"他们不在，"她说，"出去了。"

"你知道去哪儿了吗？"

"不知道。"这回答没什么帮助。

"他们是一起走的吗？"

"是的，"她说，"还拉着手呢。"

马诺利放心了。

"太好了。"他只能想到这句话。他很好奇，也很开心。

他出门待了一整天，回来已是傍晚时分。走过阿加西的套房时，听到里面传出说话声。他敲了下门，阿加西笑容满面地开了门。她一手举着玻璃杯，另一手举着一瓶酒。

"进来，进来！"她热情地喊着，仿佛他是受邀参加聚会迟到的客人。

斯塔夫罗斯也出现在门口，站在阿加西身旁，手里也拿着一只玻璃杯。

"马诺利，来，一起喝一杯！"

他们正在喝一瓶廉价香槟，情绪高涨。

"干杯!"阿加西说,"干杯!"

尽管两个人看起来都心满意足,可马诺利还是很谨慎。

"那,咱们这是庆祝什么呢?"他问,试图掩饰自己的忧虑。

"庆祝爱情啊!"阿加西答道,"难道这理由还不够充足吗?"

"够,当然够。"

"马诺利,我们找到了对方,是爱情把我们捆在一起的。"

"这么说……"马诺利开了口,打算要求他们多解释一下。这种情况下,这要求似乎并不过分。

"咱们干吗不坐下来?"阿加西建议,"斯塔夫罗斯可以解释。他把一切都告诉我了。"

他们一起在桌边坐下,斯塔夫罗斯并不习惯成为众人注目的焦点,此时他开了口。

"昨晚那个女人,她曾是……她是……我的妻子。我的名字是科斯塔斯。"

说到这里,他停顿了一下。真相就这么简单明了,阿加西已经听过,竟然还想继续听下去,这着实让马诺利吃惊。但此刻她却坐在那里,身子靠向斯塔夫罗斯,甚至还拉着他的手。这些话她是第二遍听了。他接着往下说,显然急于对马诺利一吐为快。

"那时候我四十五岁,还是单身,跟父母在北方的一个村里生活。你要知道,马诺利,那时候我被人叫作基佬、变态,什么难听叫什么。连我父母也因此被人欺负。'科斯塔斯怎么回事?''你儿子是同性恋吧?''你儿子是个怪物吧?'你知道我为什么没结婚吗?很简单,就是我从来没有遇到爱的人,那我干吗要结婚?"

马诺利点了点头,他完全理解。

"因为我没结婚,我们遭受的羞辱越来越难以忍受,不得不离开村子,搬到塞萨洛尼基。那里少了流言蜚语,大城市的人各忙各的,没人管闲事。尽管离开了深爱的故土,我父母的日子还是舒心多了。

"那时候我们楼下住着一对夫妇,有四个成年的孩子,三个已经搬出去住了,但是那家的老大,是个女儿,新近守了寡,搬回来跟父母一起住。她比我小十岁,但好像没有人在意这一点。我父母和她父母成了朋友,他们十分热心地撮合……"

斯塔夫罗斯停顿一下,咕咚咚喝了一大杯水。傍晚时分,天气有些热,套房里有点闷,阿加西站起身,打开一扇窗户。

"刚结婚,我就知道这婚结错了。要知道,我压根儿一点儿都不了解她。我们搬到城市另一头,在码头附近找了套公寓。然后麻烦就开始了。只要不当着她父母或我父母的面,只要我俩单独在一起,她就像变了个人儿似的。她打我,烫我,有一天她抓起一把刀向我扑过来。可这些我怎么能证明呢?我身上有伤疤,我说是我老婆砍的,可就连我自己的妈都不相信。她以为我是出去跟人打架受的伤。就这样我活受了两年罪,感觉就像熬了二十年。我自己从来没对她动过一根手指头。"

马诺利听得目瞪口呆,但是,他前一晚跟那女人打过交道,很容易想象,她是做得出那种事的。她是疯子,精神错乱。斯塔夫罗斯没说她的名字,马诺利也不想知道。

"我筹划了一段时间,后来有一天趁她去看她妹妹的时候,我跑了。我不能去父母家，怕被她父母看到。我登上一列火车，然后又转了一列，逃到雅典，我认为那里是我唯一可以消失的地方。后来我听说比雷埃夫斯工作机会多，就来了这里。刚来的时候，我两手空空，没有财产，没有钱，一无所有。"

阿加西女士伸出胳膊，揽住斯塔夫罗斯，对他的爱仿佛从她心中汩汩涌出。

"可怜的斯塔夫罗斯，"她喃喃地说，"我可怜的斯塔夫罗斯。"

"后来是扬尼斯给了你工作？"马诺利问。

"对，从此开启了我的新生活。"

"那有没有……"

斯塔夫罗斯料到他会这么问，要是他也会问的。

"没有，没孩子，感谢上帝从来没有赐给她孩子。"

"那'斯塔夫罗斯'又是怎么回事？"

"那是我父亲的名字，比起科斯塔斯，我一直更喜欢这个名字。"他笑了，"这名字每天都能让我想起父亲。你知道我不能回家，我给父母写过信，他们理解我为什么连住址都不想告诉他们——我怕岳父母会来找我。"

"马诺利，我真希望你当时把枪口对准她。"阿加西女士说。

"我不敢说那能对谁有好处，"马诺利略带嘲讽地说，"对我最没好处！"

斯塔夫罗斯还没说完。

"我自由了。这就是我想要的一切。我不再寻找别的东西，也不再寻找别的人。然后，就在那天晚上，在布祖基亚，我听到了这个声音。这声音属于这位美丽的女士……"说这话时,他一直凝视着阿加西,"我从没想到会找到这样的幸福。这个女人,这位女神,她是我从不敢奢望的梦想……"

"哦,斯塔夫罗斯。"阿加西抚摸着他的手臂说。

"我知道我早该告诉你这一切,"他说,"但我怕那样就会失去你。"

她摇了摇头。

"我不会因为任何事责怪你。"她肯定地说,"要是她再来这里,她就得和我打打交道了。"

马诺利同斯塔夫罗斯共事到现在将近三年了,自认为很了解他。他既不怀疑他讲的事是真实的,也不怀疑他对阿加西的爱是真诚的。就算是他们都深爱的那些电影中的明星,也没有人能说出那样的台词。马诺利自己同那位狂暴悍妇的遭遇也让他更加坚信,斯塔夫罗斯讲的确有其事。他甚至想,斯塔夫罗斯的前任是怎么死的,都大可怀疑。

"那么,咱们现在可以祝酒了吧?"阿加西说着,把杯子斟得差点儿溢出来。

马诺利拿起一只杯子,斯塔夫罗斯和阿加西也拿起来,"叮"地一碰。

那把枪依然在架子上放着,就在他之前放的地方,与旁边玛丽·安托瓦内特[1]的小雕像格格不入。他趁那俩人不注意,把那件

---

[1] 玛丽·安托瓦内特(Marie Antoinette,1755—1793),法国国王路易十六的王后,在法国大革命期间同丈夫一起被处死。

武器偷偷塞进口袋里。

那天晚上,斯塔夫罗斯回住处收拾了衣物,正式搬进了阿加西的公寓。

同一星期,阿加西买了一条新裙子——不是马诺利想象中的白色婚纱,而是一条淡绿色连衣裙。接下来的星期六,斯塔夫罗斯一拿到工资,就去买了一枚戒指。

他们四个人去比雷埃夫斯最高档的一家餐厅吃饭,是马诺利请的客。他们斟上餐厅里最好的佳酿,举杯庆祝。

"为爱情干杯!"阿加西说。

"为我们干杯!"斯塔夫罗斯说着,牵起阿加西的手,把戒指戴在她的手上。

"为你们的幸福干杯!"马诺利说。

他呷了一口,放下杯子,各牵起他俩的一只手,把两只手叠放在一起,又把自己的手放在上面。这一刻如同结婚仪式一样神圣庄严。

从那以后,阿加西和斯塔夫罗斯便以夫妻身份共同生活,二人可谓一往情深。能在茫茫人海中觅得对方,他们满怀幸福与感恩,而阿加西倾注到她那位房客身上的爱与友善,更是有增无减,无穷无尽。

对马诺利来说,这对伴侣不仅是朋友,还是家人。他从未体会过如此稳定的生活,在有阿加西这样的人照顾之前,他也从未享受过如此安逸的生活。晚上回到房间,也许五斗柜上会多一大瓶玫瑰花,床上放着一件熨好的衬衫,或者窗下摆着他那双已被擦得锃亮的靴子。有时他枕头上还会躺着一枝薰衣草，助他入眠。每天早上出门去船厂时，门口总有备好的午餐等着他，下班回来路过阿加西房门时，总有她欢快的问候迎接他。

马诺利每周几次同阿加西伉俪共进晚餐，但这从来不是尽义务。他白天大部分时间都与斯塔夫罗斯一起工作，但他们也乐得一起再多待上一两个小时。他们脱下脏兮兮的工作服，改头换面，开心地坐在同一张桌前，吃着阿加西摆上来的难以抗拒的美味佳肴。她眼见着发福了，而斯塔夫罗斯和马诺利只是因为每天都要干繁重的体力活儿，才得以幸免发胖的"厄运"。

每到周六夜晚，阿加西就会在那家小布祖基亚演唱，三人总是结伴同去。同一批观众每周都会来听她一成不变的曲目。只是现在，她的情歌有了特定的焦点，毫不尴尬地唱给前排的那个男人听。

"当你凝视我的双眸，整个世界便在我怀中……"她唱道，双眼凝视着斯塔夫罗斯。

那场"婚礼"触动艾丽做出改变，激发她去追寻自己的爱情。不到一个月时间，她便不再跟姑姑，而是跟她供职的甜品店老板的儿子菲利波斯·帕帕佐普洛斯一起去看电影了。甜品店总有一天会由菲利波斯继承，所以阿加西对艾丽颇多鼓励。这姑娘不再每次见到马诺利就脸色绯红了，这让他舒了一口气。

马诺利偶尔会给安东尼斯写信，告诉他自己生活中新的情况，自然，他也对安东尼斯讲了与他住在一起的那对夫妇的事，告诉他自己最近还做了他们的傧相。但他知道安东尼斯更喜欢了解技术细节，而不是个人生活细节，所以他写的主要是他现在正修的那艘船。

　　那是一艘豪华游艇，扬尼斯把他的一半工人安排在甲板上，另一半安排在船体上。马诺利在木工上表现出过人的天赋。干甲板上的木工活儿比修船体需要更多技巧，哪怕是混合清漆和松节油这样貌似简单的活儿也需要极为精准。这还不是全部原因。他使用的工具包括浮石和麂皮、亚麻籽和磨光石、油漆和虫胶。所有这些工具都必须使用正确得当，而他已成为这门手艺的行家。他发现，做那些船主能欣赏到的部分的活儿比干那些基本被波浪没过、根本看不见的部分的活儿更有满足感。尽管如此，他有时还是会想，自己整天在一艘船的甲板上工作，却永远不会乘它远航，还是有些奇怪。

　　他总盼望能收到安东尼斯的回信，也时不时能收到。安东尼斯写道，他偶尔会在城里见到玛丽亚和小索菲娅，他向马诺利描绘索菲娅的样子：

　　　　她长得特别漂亮，好像还有些害羞，在街上遇到时，她就会躲在玛丽亚的裙子里。但我妹妹告诉我，她和马特奥斯是十分亲密的伙伴，跟他一起玩时，她就变成小话篓子，也吵吵嚷嚷。她刚开始上学。玛丽亚已经开始在医院接受培训，克里提斯医生还是经常去外地出差。

　　他推测马诺利会有兴趣了解他的教女。

安东尼斯真正热衷写的是汽车。马诺利拥有的上一辆车是那辆卡车，很可能依然丢在伊拉克里翁。现在他赚了不少钱，足够去买辆新车，而安东尼斯则挑起他对现代高速车型的胃口。一天，马诺利采纳了安东尼斯的建议，订购了一辆阿尔法·罗密欧。翠绿色。

那辆车停在寄宿旅馆外面那条街上，下班回家时，马诺利经常看到一群男孩围着它。他们都以为，拥有这样一辆车的人肯定是电影明星。马诺利很抱歉让他们失望了，但很高兴这辆亮闪闪的车吸引了他们的注意。

生活对他来说已经变得很轻松，他偶尔也会想，要是副驾驶上坐个女人就好了。

除了偶尔收到安东尼斯的来信，从中了解到圣尼古劳斯生活的一鳞半爪之外，克里特对马诺利来说仿佛变得非常遥远。在他的旧生活和新生活之间，现在只连着一条极细极细的线。关于审判的剪报和洗礼照片现在一同放在五斗柜最下面的抽屉里。假如没有这些东西，他说不定会想，它们唤起的回忆是否真是他自己的亲身经历呢？

他父母的照片装在一个相框里，放在柜子上面，但那张洗礼照片依旧带给他过多的痛苦。即使不看，他也忘不了安娜。有时，他会把那只耳环放在掌心，或者举起来对着光看一看。上面应该还留有她的一丝痕迹吧。

第十一章

安东尼斯在信中完全不提玛丽亚探视安德烈亚斯的事。每次他给马诺利写信，都特别想告诉他，但他答应过妹妹，不能食言。

如今玛丽亚每月都要去奈阿波利探一次监。自从第一次之后，她每次都搭早上六点钟从圣尼古劳斯出发的第一趟车，到达时总能排在前几名，这样就能和安德烈亚斯多待一会儿。

但探视的煎熬并未因早到而减轻。夏天的酷热使粪便、汗液和污水的气味越发刺鼻，她同大多数探监的人一样，进去时总用一条包着香草的手帕捂住鼻子，以为这样既能祛味，也可降低感染传染病的风险。

每次探监，她都会遇到同一个监狱官，那人总装出一副愉快的神情。玛丽亚很快意识到，他这是在索要贿赂。表面上说，她交的两百德拉克马是为了给安德烈亚斯购买某种特权——比如多给点儿面包,每周换两次而不是一次干净衬衫等等——但她猜测,这些钱都直接入了监狱官的腰包。安德烈亚斯的凄惨处境就是明证:一月月过去,他衬衫上的污渍依然在同一位置,而且每次探监他都比上一次看起来更消瘦。

探过几次监后,有一次,监狱官像往常一样虚情假意地跟她打招呼,她也报以淡淡的微笑,知道这是应有的反应。一切似乎都没什么不同,她本以为他会像往常一样,在安德烈亚斯的档案里做个记录,接着就有人带她去探视室。

"克里提斯夫人,"监狱官清了清嗓子,"像您这样定期探视的常客,我有义务进行随机抽查。您明白,我们有时会查到夹带进监狱的物品,而唯一可能的途径,就是通过探视人。"

玛丽亚知道自己没什么可隐瞒的,但还是感到强烈的不安。他所谓的"随机抽查"是什么意思?她把手提包递过去,由他随便看好了。

但他并没有接。

"请站起来,脱掉外套。"

也许他还要检查她的衣兜。她照吩咐站起来,把外套搭在椅背上。

"伸开双臂……"

她站在那里,蒙了。显而易见,她身上什么都没带,裙子连口袋都没有。

令她惊愕又厌恶的是,监狱官开始在她身上摸来摸去,先是从上拍到下,然后两手又在她的胸部、腹部和大腿上游移。他先是轻轻捏一捏她的屁股,然后又使劲捏了捏,整个过程中还把他那令人作呕的口臭呼到她脸上。

然后他掀起她的裙子,一只手伸到她两腿之间。玛丽亚浑身僵硬,向站在墙角的年轻警卫投去求救的目光,可令她恶心的是,那人竟还她以猥琐的眼神——他正看得开心着呢!

她屏住呼吸,闭上眼睛。很快就会过去的,肯定会过去的。几分钟后,她全身上下已被监狱官摸了个遍,他才终于住了手。她意识到他后退了一步,因为已经闻不到那股令人作呕的混合着大蒜味和烟袋油子味的臭气了。

她睁开眼睛。

"德尔塔区 27 号!"他冲警卫喝道。

玛丽亚感到无比的厌恶、愤怒和屈辱,但还是强压下呕吐的冲动,镇定地穿上外套,没有看监狱官的脸。她的双腿剧烈颤抖着,不知道自己能不能走到门口。她拿起包,走出房间。

事后,关于她与安德烈亚斯在一起的时间,她几乎什么都想不起来。他像前几次一样,对她万分感激,而她却只想赶紧离开那地方。

那天晚上,她什么都没对克里提斯说,但他感觉出她的情绪不太对劲。

"你今天一切还好吧?"他疑惑地问。

"还好。"她说,"跟我讲讲你怎么样吧。"

她设法避开了他的问题,但面临着一个巨大的困境。她能再次承受这样的骚扰吗?她还会冒险去看安德烈亚斯吗?

在接下来的几个月里,她给安德烈亚斯写过几封平淡的信,只是为自己不能去看他而道歉,但并没说明理由。她对自己,也对安德烈亚斯找寻不去探监的借口。连佛提妮都问她最近为什么没去探监,玛丽亚也巧妙地掩饰了过去。

一天夜里,她辗转难眠,又怕翻来覆去把克里提斯吵醒。突然间,她脑中灵光一闪。她想不明白,如此显而易见的办法,自己为什么没有早想到呢?

两天后,她坐上开往奈阿波利的公共汽车。

那天她排在离第一名探视人不远的位置,很快就排到第二名。她的心跳得比正常心率快一倍,浑身每个部位都明显在抖,她握紧拳头,拼命克制住。

"说吧,"那监狱官漫不经心地说,"你来探视谁。"

"安德烈亚斯·范多拉基斯。"玛丽亚答道,努力想控制住颤抖的声音。

"安德烈亚斯·范多拉基斯……嗯。啊……对。"

她真恨死这个男人了!她从他那一脸奸笑看得出,他完全记得她是谁,她来探视谁。他很喜欢这样装腔作势,这最明显不过了。

"我有个问题……"她故作无知地说。

"问题?"

她直视他的眼睛,显得异常大胆。

"嗯?"

"您以前有没有在斯皮纳龙格岛工作过?我是指,当过警卫吗?"

这些话她在脑子里演练过无数次,甚至对着镜子反复练习过。

"您这话什么意思,女士?"监狱官问道。

"就是您让我想起我们以前的一个警卫,"玛丽亚答道,"您和他长得一模一样。对了,我在那里住过几年,而且——"

"你是麻风病人?"他问道,脸上现出明显的嫌恶。

"哦,现在不是了,"玛丽亚微微一笑,"自从发现治疗方法,就已经好了。"

她歪着头,想观察他的反应,结果完全如她所愿。她知道他以后再也不会对她动手动脚了。平生第一次,污名成了她的武器。克里提斯会为她骄傲的。

那次探视仿佛转瞬即逝。安德烈亚斯见到她很高兴,她感到付出的一切努力都是值得的。他们的交谈同往常一样,安德烈亚斯先问索菲娅的情况,而后问起他父亲的情况。玛丽亚尽其所能回答他的问题,用能想到的所有细节使自己的回答有所变化。

玛丽亚告诉安德烈亚斯,索菲娅现在开始上学了,她喜欢画画,喜欢听故事,但听到这些,他的眼神却一片茫然。那眼神如此空洞,于是她也抑制住自己的热情。当然了,他甚至无从想象他女儿现在的样子。他已经三年多没见到她,三年中,她很可能变得连他都认不出来了。

关于亚历山德罗斯·范多拉基斯,玛丽亚尽量给出完整的回答。她告诉安德烈亚斯,他父亲身体状况还不错,大多数周末,奥尔加、艾利妮都会带上孩子去看望他,连管家霍尔塔基斯太太稍稍调整一下家具布置,还有她最近一次带索菲娅去他家拜访的任何琐事，只要能想起来，她都会事无巨细地讲给他听。

安德烈亚斯总是很客气地询问吉奥吉斯的情况。玛丽亚能告诉他的只有，只要不刮大风，他每天都会出海打鱼——就连她也没有技巧把这事说得不那么千篇一律。她知道安德烈亚斯对圣尼古劳斯的生活并无兴趣，而且她发现，关于范多拉基斯庄园，自己也说不出个所以然来，尤其是现在佛提妮的哥哥安东尼斯与庄园没有了干系。

她很少问安德烈亚斯问题。她怎么开口问他监狱的生活呢？监狱的状况她自己看得到，而且第一次探监时监狱官就明确说过，他是和五个人一起关在一间狭小的囚室里。

因为谈话时必须拔高嗓门压过周围嘈杂的人声，而且经常需要重复说过的话，所以交谈起来尤为困难。铃声响起催促大家离开时，安德烈亚斯总是俯过身表示感谢，她就算听不清楚，也能从他的口型看得出来。每次探视，她都能看到她第一次探监时在他脸上注意到的那种如释重负的表情。看到他眼中因得到宽恕而生出的感激之情，她自己也不由热泪盈眶。

十月份的一天晚上，克里提斯从医院回到家，玛丽亚给他讲了探监的情况。他主要担心她会在那里染上病。

"玛丽亚，那所监狱疫病滋生，"他说，"如果卫生条件真像你说的那么恶劣，你去那里根本就不安全。"

玛丽亚笑了。

"亲爱的，麻风病我都熬过来了，我想我能保护好自己，不让监狱的细菌感染上我。"

"只要你当心就好,"他温柔地说,"而且回家后要马上洗手。"

"克里提斯,你知道我会洗的,"她向他保证,"还用刷子刷呢。"

"那你的衣服呢?"

"也一样,都快洗烂了。"她打趣道。

那是一个温暖怡人的夜晚,他们正在小花园里用餐。克里提斯第二天要出差参加另一个医学会议,要离开几周。她从不因他的献身精神而抱怨。他救了自己的命,现在又在救那么多人的命,她怎么会抱怨呢?虽然如此,她还是会非常想念他,不仅因为她爱他,还因为他不在家时,索菲娅总是更难对付。

"你去那个地方,我很担心,"他温柔地说,"尽管我理解你为什么要去。"

他们仰望着头顶上璀璨的星空,沉默了一会儿。

"你有没有再考虑把探监的事告诉亚历山德罗斯·范多拉基斯?你会告诉他吗?"

这是克里提斯忧虑的另一件事,几乎和担心妻子被监狱病菌感染上疾病的程度不相上下。

"假如他发现你去看望他儿子,却从没向他提起,你能想象他会怎样吗?"

"可他绝对不会发现的。他家从来没人到那里面去过,安德烈亚斯也不能写信,所以他们没有联系。"

"那就假设一下,有一天亚历山德罗斯决定自己去,那时候他就会发现你一直在探监。想想吧,他可能会有什么反应!"

"我只是觉得这种事绝不会发生，克里提斯。他现在身体相当孱弱，我觉得连排那么长时间的队他都撑不下来。"

"可是，你去探视安德烈亚斯，而后在亚历山德罗斯的书房里坐着聊天，却绝口不提这回事，我觉得这是不对的。你不觉得心里压了块石头吗？请告诉他吧，我亲爱的。"

克里提斯这样热切的恳求，刺痛了玛丽亚的良心。

"你说得对，我知道你说得对，"她承认，"我下次去的时候会告诉他。我会找个恰当的时机。"

"你保证？"

"我保证。"

克里提斯去收拾行李准备出差，玛丽亚收拾碗碟。她一边洗碗，一边思量，什么时候把探监的事告诉亚历山德罗斯才好呢？

接下来的周末，玛丽亚带索菲娅去看望"梅加洛斯·帕普斯"——大个子爷爷，这是索菲娅对亚历山德罗斯的称呼。孩子太小，还没问过为什么这个爷爷既不是爸爸的爸爸，也不是妈妈的爸爸。总有一天他们得解释，可那一天还远着呢。为了区分这两位祖父，她把吉奥吉斯叫作"穆萨托斯·帕普斯"——大胡子姥爷。

索菲娅盼着去看爷爷，因为管家霍尔塔基斯太太总是准备好她最爱吃的饼干，她还可以在宽敞的房子里跑来跑去，从不厌倦。大个子爷爷还给她买了一匹摇摇木马，那马住在他的书房里，她能一次骑上几个小时，摇啊摇，摇啊摇，开心极了。她给摇摇马取了亚历山大大帝坐骑的名字，虽说那名字她还不大会念，可在想象中,她已经跨上它,快马加鞭,翻山越岭,狂野而不羁。她那头乱蓬蓬的卷发披拂在身后,嘴里大喊着:"布西发利[1],布西发利!"在这样的时刻,她简直和安娜一模一样。

在过去几年里,亚历山德罗斯·范多拉基斯越来越喜欢玛丽亚·克里提斯了。实际上比起她已故的姐姐,他更喜欢玛丽亚,而且毫不怀疑她才是更合格的母亲。悲剧发生后,安娜的名字再也没被提起过。

他们喝着咖啡,索菲娅全神贯注地骑着摇摇马,玛丽亚知道是时候了。克里提斯说的没错,从她第一次去探视安德烈亚斯以来,每次看望亚历山德罗斯,那些没说出口的话都重重压在她心头。她曾为自己找过很多借口——亚历山德罗斯知道了可能不高兴,甚至生气,这么做不对,就算探监也轮不到她,等等——但现在,该告诉他了。

他们的谈话没有办法流畅地过渡到那一话题,她只好壮起胆子。

"我需要告诉您一件事,亚历山德罗斯先生。"她说。

她严肃的语气使他关切地俯身向前。

"什么事,亲爱的?"

"我去看望过您儿子。我见过安德烈亚斯了。"

亚历山德罗斯表情愕然,一时说不出话来。

玛丽亚十分紧张,手中的杯子与杯托碰得咔嗒嗒直响,心中

---

[1] 布西发利,原文为 Bucefali,是亚历山大大帝坐骑名字布西发拉斯(Bucephalus)的错误读法。

的焦虑无法掩饰。她只得把咖啡放到桌上。

"我去……去监狱看过他。"她继续说。

"我……儿子？"

这位威严的老人，一个喜怒不形于色的人，此刻面容骤然坍塌。

管家霍尔塔基斯太太感觉到出了什么事，把索菲娅从摇摇马上哄下来，领到厨房里吃饼干。

亚历山德罗斯·范多拉基斯上一次同儿子说话，还是三年前八月的那个晚上，当时安德烈亚斯和安娜已经同意去参加在布拉卡举行的庆祝活动。两天后，噩耗传来。那天他和埃莱夫塞里娅已吃过晚饭，正准备上床睡觉，突然电话铃响了起来。他俩都说，这么晚来电话，真是不寻常。埃莱夫塞里娅走出客厅去接电话。不一会儿，亚历山德罗斯听到妻子的尖叫声，急忙跑到门厅，发现妻子坐在电话旁的椅子上抽泣。他从她手中接过听筒，电话另一头是庄园里的工人安东尼斯。安娜死了，安德烈亚斯被捕了。

短短一刹那，一颗子弹改变了他们的生活。

"你见过安德烈亚斯？"他低声问。

自从那个噩梦般的夜晚以来，这是他第一次提起儿子的名字，而且声音那么低，玛丽亚几乎听不清。

"见过。"

亚历山德罗斯·范多拉基斯，这座大庄园的骄傲而威严的主人，自从那个八月的夜晚以来一直克制着自己的情绪，此刻却掩面哭泣。

他俩之间一直很客气，可玛丽亚还是站起身，伸出双臂拥抱了他。这样可能显得过于亲昵，可玛丽亚不由自主，这个男人需要安慰。

过了一会儿，他从衣兜里掏出手帕，渐渐恢复了镇定。玛丽亚看出他需要时间，便又在他对面坐下。

最后，他终于能说话了，而且问题一个接着一个。

"他怎么样了？他看起来好吗？他是怎么过的？里面情况怎么样？"

明显看得出，能谈一谈儿子，让他如释重负，于是温和的盘问滔滔不绝。只要知道答案，玛丽亚都会耐心回答，而且毫不避讳地说出实情。

最后，她看出老人开始精神不济，心力交瘁地向后靠在椅背上。有一个问题他没有问：她为什么要去探监？在玛丽亚看来，他好像懂得。也许他心中流淌着一条同情的河流，只是她以前没有想到。只有那些自己有宽恕之心的人，才会觉得没有必要问这样的问题。

问题终于问完了，索菲娅跑了进来，朝爷爷奔过去。老人非常喜欢这个小女孩，热情地拥抱了她。

"我们该走了，索菲娅。"玛丽亚说。

"妈妈，我不想走！"索菲娅执拗地说，"我想住下，和布西发利在一起！"

"我的宝贝，我会替你喂它，帮你照顾它，"爷爷和蔼地说，"我保证。"

索菲娅抱了抱他,然后拉起妈妈的手。

玛丽亚感到一身轻松,这是她以前在这所房子里从未体验过的感觉。

亚历山德罗斯·范多拉基斯从椅子上站起身,非常温柔地挽住她的胳膊。

"玛丽亚,谢谢你来,"他说,"见到你真是太好了。请尽快再来,给我带来消息。"

她明白他的意思。她确信,从现在开始,亚历山德罗斯·范多拉基斯会渴望得到安德烈亚斯的消息。自从妻子过世,他的身体每况愈下。当她触到他的手时,感觉到他真是瘦骨嶙峋啊。这让她再次思考去监狱探视的危险。也许她自己身体强健,可以抵抗疾病,但对这位风烛残年的老人,她就没那么有把握了。她必须去那座人间地狱,为他充当耳目。

克里提斯要出差几周,他回来之前,玛丽亚不打算去探望安德烈亚斯。这个月索菲娅刚开始全天上学,玛丽亚每天早上都得送她。

错过一个月没去探监,她心里很不踏实。她担心安德烈亚斯觉得她又一次抛弃了他。她打算等克里提斯回来能送女儿上学,就马上去看他。

十月下旬风平浪静的日子被新的季节取代。十一月给克里特岛带来罕见的雨水,雷雨把上午的天空涂得乌漆麻黑,炫目的雷电在午夜时分照亮圣尼古劳斯背后的群山。玛丽亚把探监的安排接连推迟了好几天,终于有一天,早上醒来,她意识到百叶窗没有像过去那么多天那样吱嘎作响。

她下了床,迅速穿好衣服,轻声对克里提斯说:

"我要出去搭公交车了,亲爱的。索菲娅的衣服我都准备好了。"

克里提斯动了动。

"当心点儿,玛丽亚。"他睡意未消地说。

她弯下腰,轻轻吻了吻他的耳朵,踮着脚尖走出房间。

她走出他们在山上的房子,只见旭日正缓缓从地平线上探出头来,黎明的景色真是美不胜收。她疾步走向公交站,呼出的气息在清晨的寒气中化作团团云雾,她后悔没穿件更厚的外套。她最后一个上了公交车,车六点准时出发。她认出一位曾在医院工作过的女人,客气地冲她点点头。令她有点懊恼的是,那人离开自己的座位,走到离她稍近点的地方坐下来。玛丽亚注意到她并没有过来挨着她坐,而更愿意隔着几排坐在前面的座位上,扯着嗓子对自己说话,好压过公交车发出的嗡嗡隆隆的声音。

那女人如今在奈阿波利一家孤儿院上班,她想事无巨细什么都告诉玛丽亚。很自然,作为交换,她也想了解一些信息,尤其是医院的八卦,玛丽亚最近在做什么,索菲娅怎么样了,等等。

这会儿天太早,玛丽亚没有说话的兴致,此外,关于她如今在做什么,她也不愿意过多透露,至于要去哪里,她更是打定主意不肯说。她意识到,她在斯皮纳龙格岛度过的岁月依然作为一种耻辱隐隐笼罩在她头顶,她断定,那女人与她保持距离,正是因此。假如她透露自己这是去探视杀害姐姐的凶手,那女人肯定半路就要下车。玛丽亚没时间浪费在这样的人身上,那半小时的旅程让她很别扭。她很高兴自己在那人之前下了车。

这一天,她排在队伍最前面。肯定是寒冷的天气让一些常来的探监者却步。她等待着,心中充满焦虑。她已经很久没见到安德烈亚斯,担心他会以为自己不来了。她像往常一样交上给囚犯的"零用钱",然后被带进探视室。渐渐地,其他访客和囚犯也陆续到来,房间渐渐满了,而玛丽亚对面的座位却一直空着。她看了看墙上的钟,发现十五分钟已经过去。铃声随时都会响起,她越来越沮丧,不顾规定,起身走向最近的警卫,想问问他。

但那人根本不容她开口。

"他要来就来了。就算囚犯也有选择权,来不来这儿就是一种选择,还有一种,就是吃不吃饭。"

警卫说话时并不看玛丽亚,而是直直地越过她看向墙上的钟表。那些来探视囚犯的人得到的尊重并不比被探视的囚犯更多,这已经不是她第一次感受到警卫的轻蔑了。所有人,无论与囚犯有何关系,仿佛也都被视作判了刑的罪犯。

"看来他不想见你呗。"

警卫的话很直率,也许是实情,但这实情却很伤人。

在余下的会见时间里,她回到座位上,等着。万一他被什么事耽搁了呢。可她想象不出这种地方会有什么事,但她觉得说什么也得留下来。

随着分针无情地移向整点,玛丽亚努力忍住眼泪。她匆匆走出房间,穿过院子,走到路上,终于再也控制不住自己的情绪。

没有人多看一眼这个在街上哭泣的女人。在这监狱高墙外，这样的景象很常见。

现在她要等整整一个月才能再次探视，而且没有办法得到他的任何消息。她胡思乱想，心神不宁。

克里提斯是个头脑实际的人。

"玛丽亚，要是出了什么事，我相信他们会通知他的近亲。到时候亚历山德罗斯会联系你的，这一点毫无疑问。"

"可是——"玛丽亚想反驳。

"请尽量别担心，"克里提斯温存地说，"再说，你也做不了什么，而且下个月很快就会到的。"

那个月底，玛丽亚带索菲娅去看望大个子爷爷时，她并没有告诉他，探视的时候安德烈亚斯没有出现。她只是笼统地回答了他热切的问题，并说她上次探视时，跟安德烈亚斯只待了很短的时间。她希望这能解释她为什么没有什么消息可以告诉他。她让亚历山德罗斯放心，下个月她肯定会跟他多待一会儿。

她急切盼望十二月的探视时间赶紧到来。安德烈亚斯一直在她脑海里挥之不去。

这次他很快出现在她面前。看到他，她松了一口气，虽说他看上去比以前更瘦了。他解释说，前一阵他疑似得了霍乱，病得很重，被隔离了很多天，他都弄不清日子了。

探视时间飞逝而过，每次来这里都是如此，玛丽亚急于告诉他，现在他父亲已经知道她来看他了。

"我已经告诉你父亲我来看你了。"也许她声音不够大。

第一次他没听见，她又重复了一遍，出人意料的是，他的反应竟是一脸茫然。于是她决定换个说法。

"我去看过亚历山德罗斯先生，而且——"

触动安德烈亚斯的是听到了那个名字，他俯身向前，想确认自己听没听对。

"亚历山德罗斯，我父亲？"

"是的，我告诉他我来看你了。好像这样做才是对的。"

对安德烈亚斯来说，父亲的嫌弃，彻底收回对自己的父爱，是比坐牢本身更沉重的打击。埃莱夫塞里娅和亚历山德罗斯都十分宠爱他们唯一的儿子，从出生那一刻起，他便沐浴在父母的爱中。在他使家族蒙羞的那一刻，这种无边的爱便被戛然斩断。后来，当他的姐姐来信通知他母亲的死讯时，她的话明明白白地让他相信，他不仅要为妻子的死负责，也要为母亲的死负责："安德烈亚斯，你伤透了母亲的心，现在你的父亲被摧毁了两次。"奥尔加的话就像插在他肋间的一把刀，两年过去了，那伤口依然在流血。

"他说什么了？告诉我，玛丽亚，他说什么了？"他总是渴望听到父亲的消息，这次更加迫切。

"他问你过得好不好，里面是什么样子，他什么事都想知道。"

"这么说，你来这里，他没有生气……"

"当然没有，安德烈亚斯，也许正相反。"

听到这个消息，安德烈亚斯眼中流露出欣慰的神情。有那么一会儿，他眼中亮闪闪的，也许是眼泪，虽说并没有落下来。

这时候,铃声响了,玛丽亚是最后一个离开的。这是她第一次离开监狱时感觉比来时轻松。

下一次去看望亚历山德罗斯·范多拉基斯的时候,克里提斯和索菲娅也都跟着一起去了,她知道老人很喜欢见她的丈夫。这是一个愉快的下午,索菲娅像往常一样为布西发利而疯狂。

爷爷对小女孩说:"等你再大点儿,就会骑一匹真正的马。"

"傻爷爷,这就是一匹真正的马呀。"索菲娅一边忙着给木马梳理鬃毛,一边答道。

孩子的父母也坐着聊了一会儿,克里提斯给亚历山德罗斯讲医院的最新发展和他最近参加的一次会议。

在孙女听不到的时候,玛丽亚给老人讲了她最近去看望安德烈亚斯的事。

"您知道我去看他了,他好像很高兴。"她说。

亚历山德罗斯看着她,沉吟了一会儿。

"你下次去的时候,"他说,"请转达我对他的爱。"

听到这话,玛丽亚十分欣慰,她希望克里提斯也能听到。她希望他能和她一样明白,为什么去看望安德烈亚斯比以往任何时候都更加重要。

第十二章

之后的几周,克里特刮起北风和东风,随之而来的大雪将岛上的群山覆盖。得过好几个月,天气才会逐渐回暖,将积雪融化。

二月,就在去探望安德烈亚斯的前一夜,索菲娅夜里受了惊,玛丽亚照顾她到很晚,一整夜都睡不踏实,时睡时醒,于是第二天早上她晚起了一刻钟,错过了第一趟公交车。当她终于赶到监狱时,前面已经排了很长一队人。那天下大雨,排队过程中,暴雨又转为雨夹雪。玛丽亚出门匆忙,忘了带伞,进入监狱大门时,浑身已被雨水浇透。登记的过程仿佛比平时更漫长,等她终于走进探视室的时候,手和嘴唇都已经冻麻了。

那天探视时间很短,这次轮到她在安德烈亚斯面前强打精神,佯作轻松了。

他好像很高兴见到她,却没多少话可说。他问索菲娅喜不喜欢上学,玛丽亚只极简单地答了几句。她因为身体不舒服而心神涣散，差点就忘了转达亚历山德罗斯的口信，直到离开时她才想起来。

"你父亲向你问好。"她说。

铃声响起，她几乎没听见，只注意到安德烈亚斯的笑容。

从公交车站走回家，玛丽亚又被雨淋了一路。当她吃力地爬坡上山时，雨水如瀑布般沿陡峭的街道哗哗往下淌，等她终于走到自家前门时，鞋子早已灌满水，走起来噗嗤噗嗤响。她浑身剧烈颤抖，感觉体内所有骨头都在咯嗒咯嗒乱碰。

不一会儿，克里提斯接索菲娅回家，发现妻子躺在床上，神志不清，牙齿咯咯打着战，湿透的衣服胡乱丢了一床。

记忆如潮水般涌上克里提斯的心头，他想起妻子以前也曾出现过类似状态。那是她第一次服用治疗麻风病的药物时。她和很多病人一样，先是发了几天高烧，然后才逐渐好转。有些人因为没有足够体能抵抗高烧，根本没挺过来。

尼古劳斯·克里提斯在医院照顾陌生人时，很容易保持冷静，他向来以沉稳镇定而著称，令许多医生十分羡慕。可面对爱妻就完全是另一回事了，他需要极力克制住焦虑的情绪。斯皮纳龙格岛岁月的记忆清晰展现在眼前。

玛丽亚连续几天高烧不退，状况十分危急，她由断断续续的睡眠沉入谵妄，又从谵妄中浮上来，复归于断断续续的睡眠。克里提斯诊断是肺炎，在几个漫漫长夜中，他握着妻子无力的手，担心她可能挺不过来了，不禁心如刀绞。

小索菲娅被送到佛提妮那里。在布拉卡，她还可以在她的大胡子姥爷家住几夜。克里提斯是一名训练有素的医生,可就连他也说不准玛丽亚需要多长时间才能康复。

克里提斯请了假照顾玛丽亚,他整天坐在她床边,为她擦拭额头,量体温,每天为她换两次床单。邻居们给他送来吃的,给玛丽亚送来一碗稀稀的柠檬鸡蛋汤,这是一种帮病人恢复元气的传统食疗方法。可她甚至都抬不起头尝一口,只能偶尔抿一小口水。

玛丽亚卧病那几周,除了身边照顾她的那个人,其余的一切她几乎全无意识。他在房间里她就觉得安全。有时他会坐下来给她读书,他的声音抚慰着她。他读的多是诗,无论是卡瓦菲斯[1]还是埃利蒂斯[2],由他朗读,那些诗行听来不像词语,更像音乐。

玛丽亚病情最凶险的阶段持续了三周,到三月底,她已经有了点力气,能靠着几个枕头坐起来了。现在她很想念索菲娅,但知道女儿留在布拉卡会更好。

四月初,小女孩回家了,蹦蹦跳跳跑进父母的卧室,扑进玛丽亚的怀里,手里攥着的一小束花撒得满床都是。

"妈妈!我好想好想你呀!"

她坐在那里,喋喋不休地说了几个小时,告诉妈妈她和朋友

---

[1] 卡瓦菲斯(Cavafy),即 C. P. Cavafy(1863—1933),希腊语名为 Κωνσταντίνος Καβάφης,希腊著名现代诗人,风格简约,以独特的视角和深邃的思考展现了人性的复杂与矛盾,代表作有《伊萨卡岛》等。

[2] 埃利蒂斯(Odysseus Elytis,1911—1996),希腊著名诗人,1979 年诺贝尔文学奖得主,作品情感深邃且富含历史意识,通过独特的风格展现了希腊文化的独特魅力,代表作有《理所当然》(Axion Esti)等。

马特奥斯做了什么。几周时间,索菲娅好像长大了很多。她已经学会写自己的名字,还画了很多画儿,足够挂满整整一个画廊。她把画儿一幅又一幅拿给妈妈看,得意得不得了。

不久,玛丽亚每天能下床活动几个小时了。克里提斯重新回医院上班,生活逐渐恢复了正常。

那年复活节赶在四月的第二个周末,希腊各地都在庆祝这一东正教历法上最重大的节日,比雷埃夫斯跟圣尼古劳斯一样热闹。

阿加西对宗教上的事儿很上心,一到重要节日就会热情高涨,一连三天,她坚持要斯塔夫罗斯和马诺利陪她去比雷埃夫斯主广场的大教堂。在圣周五[1]那天,马诺利跟在埃皮塔菲奥斯,也就是用鲜花装饰的代表基督灵柩的彩车后面。第二天,他拿着一支未点燃的蜡烛等在街上,准备接收并分享从耶路撒冷传来的火焰。"基督复活了,"他和其他人一起欢呼,"基督复活了。"他虽嘴上这么说,心里却并不相信人的肉体可以复活。要真能复活该多好啊。

星期天,他又跟阿加西和斯塔夫罗斯一起去了教堂。进入教堂,他点起两支大蜡烛,站在那里看它们燃了一会儿才去坐下。一支蜡烛是为安娜点的。烛火会熄灭,他对她的爱却绵绵不息。另一支是为索菲娅点的,尽管他想到她的时候越来越少,但她仍

---

[1] 圣周五(Megáli Paraskeví),相当于英语的 Good Friday,指复活节前的星期五,是基督教信徒纪念耶稣基督被钉在十字架上受难的日子,在中国被称作耶稣受难日。

是他的教女，假如生活沿着另一条轨迹运行，此刻他会和她在克里特的教堂，她会骄傲地穿上他给她买的崭新的鞋子，那是传统复活节教父送给教女的礼物。

他们坐在那里听神父吟唱了几个小时，他心中却一直默想着"另一种生活"。之后他们沐浴着春天的阳光，迫不及待地走进最喜欢的餐馆享用等待他们的烤羊盛宴。

也是在那个复活节，居家养病近三个月的玛丽亚第一次踏出家门。去教堂之前，她对着镜子检查一下头发，镜中那张苍白瘦削的脸着实吓了她一跳。她捏一捏自己的脸颊，然后挽起丈夫的胳膊，带着开心地蹦蹦跳跳的索菲娅，走了一小段路来到主广场。几十个人沿人行道朝同一个方向涌去，庆祝基督复活。

克里提斯并不是虔诚的信徒，但他禁不住想到，妻子不就是获得重生了吗？在她刚病倒那些天，他眼中看到的就是一个垂死的女人，而此时她几乎完全康复，活生生站在他身边，笑盈盈地同朋友们打着招呼。

索菲娅就像马诺利想象中那样，身上穿一件爸爸给她新买的蓝色连衣裙，脚上穿一双妈妈给她买的与裙子搭配的新鞋子。她现在六岁了，一头长长的螺旋卷发用一条丝带扎在脑后，看起来异常美丽。克里提斯不禁希望，她要是长得不那么像安娜就好了。

此后的几个月，玛丽亚内心一直在纠结，考虑怎样才能重启对安德烈亚斯的探视。她知道克里提斯会非常抵触。

终于，大约在九月底的时候，她提起这个话题。

克里提斯很罕见地发火了。

"绝对不行，玛丽亚，"他说，"你怎么还会想去那个地方？"

"我已经六个多月没去了，他肯定奇怪——"

"那就给他写封信！"克里提斯厉声说，"上次探监差点要了你的命！你还说要去？"

"可是——"她不肯让步。

"你身体还没恢复。即使你将来还是要去，现在考虑也还为时过早。"这些话是出于爱而说的，但口气却很严厉，"你的病明摆着就是在那个肮脏的地方感染的。"

"是因为受了凉……"

"受凉只是加重了病情，但是……反正你知道我的想法。"

玛丽亚站起来走出房间，她不喜欢同克里提斯冲突，尤其是她知道他说的并没有错。第一次探监的时候，她在监狱外和一个女人说过话，那人就提醒过她，说监狱里很容易感染肺炎。

她走进客厅，从书桌抽屉里取出一张信纸。她早就该给安德烈亚斯写信了，现在她匆匆写了几句话，解释自己这几个月为什么一直没有去探望，当天下午她就把信寄了出去，但她知道自己不可能收到回信。写信是获判杀人罪的囚犯被剥夺的权利之一。

几周后，她觉得恢复得不错，便去了一趟布拉卡，向佛提妮倾诉了自己的心事。

"我感到十分内疚，"她说，"一想到那个孤苦伶仃的可怜人，就太难受了。假如他们不把我的信给他，他就永远不明白我为什么突然不去看他了。"

"我还是不理解,你为什么这么同情他?"佛提妮拿出老朋友的坦诚,"他可是杀了你姐姐。"

"佛提妮!"

"玛丽亚,这是实情。"

"没错,但并不只有实情才重要。你是没去过那里,也没见过我出现时他脸上的变化。佛提妮,那表情不仅仅是感激,他看我的眼神,仿佛我救了他的命!"

"他父亲不能去看他吗?"

"我觉得根本不行。他现在年纪大了,身体又那么虚弱。"

"可是玛丽亚,我是肯定不会替你去的。"

佛提妮对朋友的态度很强硬,玛丽亚叹了口气。

"我已经答应克里提斯暂时不去了,但总有一天我还是会去的。至于眼下,我只希望他能收到我寄的信。"

第十三章

玛丽亚一直等到第二年春天才重提探视安德烈亚斯·范多拉基斯的事。她现在恢复得很好，可以去探监了，于是她在克里提斯的记事本上标出日期，提醒他别忘了送索菲娅上学。

离探监的日子还差两天的时候，克里提斯从医院回来，把一张报纸放在她面前。

"看看吧。"他指着标题说。

囚犯抗议。五十人绝食。
四人死亡。

玛丽亚把整篇报道从头读到尾，克里提斯在她身后一起看。报道内容触目惊心：几名囚犯死于暴力，引发几十名囚犯绝食抗议，一些人占据监狱的屋顶，还有人纵火。玛丽亚战战兢兢地在报道中寻找一个熟悉的名字，所幸并没找到，她松了一口气。

接下来的几天里，囚犯和看守继续发生冲突，一名监狱官被人用匕首捅死，匕首肯定是探监的人偷偷夹带进去的。监狱当局目前正严酷镇压，从伊拉克里翁调来五十名警察协助控制暴乱，奈阿波利的居民报告说曾听到枪声。

"恐怕你现在探不成监了。"克里提斯说道。

每天，玛丽亚都胆战心惊地追踪有关事态进展的报道。她希望安德烈亚斯没有参与其中，但听起来好像囚犯们团结起来在跟监狱管理方抗争，要求改善狱中生活条件。

"监狱里的条件十分恶劣，"她说，"惨无人道。他们抱怨一下又怎么样？"

"这么说你还同情他们啦？"克里提斯愤愤地说。

"那地方简直就是人间地狱，"玛丽亚说，"你是没去过。"她希望克里提斯有时能从她的角度看问题。

"我看也不会比希腊任何其他监狱更糟糕。"他说。

"你说的可能没错，但把六个人关在一间囚室还是太不像话了，你说是吧？"

克里提斯无言以对。

奈阿波利监狱的骚乱又持续了数月，事态平息后，当局宣布，要在未来一段时间内禁止所有人探监。这既是一种惩罚措施，也是杜绝私自夹带物品进入监狱的办法。

第二年监狱秩序彻底恢复后，玛丽亚终于能再去探监了。

那天她下了公交车，走过那段很长的路来到监狱入口。她一路忐忑，忧心如焚，焦虑得几乎恶心，就像那次被监狱官猥亵时的感觉一样。

到了监狱门口，一切看起来还是老样子：入口处还是同一个警卫，记录她探视的还是同一个监狱官。

"好久不见啦。"他语带嘲讽地说。

她不知道怎样回答才算好，便没有吱声，这时他转过身去，开始在文件柜里翻找，一边还哼着小曲。他比她记忆中更加圆肥了。

"伐格……伐尔……范……范多拉基斯……范多拉基斯，你在哪儿？"他嘟囔着，"嗯——范多拉基斯。范多拉基斯……范多拉基斯……范多拉基斯……"

他越是快活，越是重复这名字，玛丽亚就越是恼火。他们怎么可能把一个犯人弄丢了呢？从她坐着的地方，她能看出档案系统乱七八糟，她得拼命克制住冲动，否则就站起来自己去找了。

她开始担心，也许安德烈亚斯的档案被扔掉了，抑或他已经死了？在那场闹哄哄的骚乱中，这种事可能会发生的吧？是的，她心里想，肯定是这样。他到底还是成了葬身暴乱的一名囚徒，只不过被狱方瞒报了。

她正准备开门见山去问他，监狱官突然停止搜索，砰一声关上抽屉。

"对了！"他仿佛灵感迸发，恍然大悟，"对了！"

他转过身来，色眯眯地斜睨着她，那张肥脸朝她脸上直撑过来，相隔不到一厘米。玛丽亚吓得往后一躲。

"我刚想起来！"

她能闻到他口气中的尼古丁味。

"他转监区了！"

他溜达到角落的另一个柜子前。玛丽亚大松了一口气，说不出话来。她只希望他动作快点。他多拖延一会儿，她与安德烈亚斯就少见一会儿。她想到外面那些女人，因为监狱官的磨蹭，有些人可能今天就进不来了。

他很快找到范多拉基斯的档案。

"在这儿，"说着，他把手伸进柜子，抽出档案，"他转到另一侧了。"

玛丽亚甚至都不知道竟然还有另一侧，等搞明白他并没被转到别的监狱时，她舒了一口气。

"伽马区 10 号，"他对守在门口的年轻警卫说，"把这麻风病带到伽马区 10 号。"

玛丽亚感觉被马蜂蜇了一下。她拼尽所有意志力才做到不动声色，为维持尊严，她忍着。这个男人里里外外都让她恶心。

她匆匆走出去，要紧赶慢赶才能跟上警卫的脚步，而且不管安德烈亚斯关在什么地方，反正那地方都比以前的牢房要远得多。她尽量不去看路过的那些凄惨的建筑，但还是忍不住留意到有几张脸从铁窗里向外张望。那些阴影中现出一张张愤怒、悲伤、好奇的脸。

最后，他们来到一座比其他建筑更加现代的建筑前。他们穿过一重又一重的门，空气中弥漫着新近刷过的油漆味。玛丽亚纳闷，在这种地方，他们到底是怎么知道该用哪把钥匙开哪扇门的？那些钥匙看上去都没有标记。

她跟着警卫沿走廊几乎走到尽头。走廊两侧各有三十扇门。她想，这些肯定都是牢房，但她还没有发现每个牢房里关了多少人。令她欣慰的是，通常无处不在的屎尿味被乳胶漆的气味盖住了。

警卫在倒数第二扇门前停下，滑开门上的小洞，往里面观看。"里面就是你找的人，"他说，"给你五分钟时间，我马上回来。他们说他不危险。"

他啪一声又把小洞关上，没有丝毫踌躇便找出正确的钥匙。

门开了，玛丽亚忐忑地走了进去。她听到身后钥匙在锁孔里转动的声音。

床的一头坐着一个男人。是安德烈亚斯，留着光头，身上穿的衬衫像那几面新刷的墙一样白。

令玛丽亚震惊的不是他的外表，而是发现自己和他独处于一个四米乘三米见方的房间里。是单独囚禁吗？安德烈亚斯是因为什么事受惩罚吗？

"玛丽亚！"

他脸上是和原先一样的无比惊异的表情，她记得从第一次探视开始，他就是这样的表情。

"非常抱歉，"她不由自主地道歉，"真对不起，我之前没来得了。"

刚说完，她就意识到自己居然在向杀害安娜的凶手道歉，真是奇怪，但她的话是真诚的，她真的很遗憾自己这么久没法来看他。

"我收到你的信了,"他说,"你病得那么重,真是糟糕,太糟糕了。但愿你不是在这里染上的病,这地方到处是疾病。"

"肯定和来看你没有关系,"玛丽亚撒了个谎,"但我很高兴你收到了我的信。然后又这么长时间禁止探视……"

"是啊。我还以为他们可能再也不让外面的人进来了呢。"安德烈亚斯说着,请她在椅子上坐。椅子端正地放在一张小桌子下面。这一桌一椅是房间里除了床以外仅有的家具。

地砖一尘不染,床上的毯子干干净净,她闻到了令人安心的消毒剂的味道。这环境连克里提斯也会满意。

"那么……"她开始了。

这是他们第一次有可能进行真正的对话。之前每次探监,他们只能在五十多名囚犯与前来探视的人制造的喧嚣中,扯着嗓子喊出一连串问题和简短的回答。此时他们在寂静之中相向而坐。

"谢谢你来,玛丽亚。"

"这……这……是我的……"

不能用"荣幸"这个词,也不是"责任"。玛丽亚的声音低下去,但安德烈亚斯滔滔不绝,他有很多话要说。眼前这人不再是那个娶过她姐姐的冷漠而不可一世的人,也不再是那个自视甚高,对除父亲之外的所有人都居高临下的人。

"由于你,我的生活改变了。"他严肃认真地说。

玛丽亚一时有些无言以对。

"我父亲现在给我写信了!自从上次见到你之后,他每个月都给我写信。信被他们拿走了,我不能保留。但这些信改变了一切。"

玛丽亚很想弄明白他所说的改变。

"一开始,他给我讲他的愤怒、悲伤和屈辱。这些我都理解,真的。他告诉我,自从那个夜晚以后,他和我母亲几乎再也不提我。这是他们的做法。他明确告诉我,我伤透了母亲的心,是我害死了她。奥尔加这样说过,但从我父亲那里听到,却是千百倍的难受。

"收到那些信的那段时间,是自从我关到里面以来最最黑暗的日子。我开始害怕收到信,有时甚至不想打开。那时我诅咒你,玛丽亚,因为我觉得是因为你他才开始写信的。他写的话都没有错,所以让我更加羞愧。"

玛丽亚在座位上动了一下,刚想为给他造成的痛苦道歉,可安德烈亚斯正说得起劲。

"一开始我心如刀绞,但尽管我父亲那些悲伤和痛心的话在我脑海中盘旋不去,可至少这些信承认了我的存在。他是在对我说:'安德烈亚斯,你是我的儿子。'你无法想象那是什么感觉。

"我等待每一封信。我们一个月只能收到一封,但有总比没有好。有时他只写一两句话,但信一直没有断过,玛丽亚,这对我无比重要。"

他停顿了一会儿。

"我以为你不想见我了,我很难过,之后又发生了暴乱……"

玛丽亚低声插了几句话:"我知道,我知道。过了这么久……"

突然,身后响起拉动插销的哗啦声和钥匙开锁的声音。

安德烈亚斯一时说不出话来，但迅速用袖子擦了擦脸。

"玛丽亚，请尽快再来，我还有很多话想对你说。如果见到我父亲，请代我向他道谢。"

"快点，"警卫吼道，"时间到，赶紧出去。"

片刻之后，玛丽亚回到走廊，被带到出口。

这次探视与上次大不相同，那天晚上，克里提斯看得出她很高兴再次见到了安德烈亚斯。

"他被转移了，"她告诉他，"新囚室很干净，闻起来和医院差不多。"她几乎是戏谑地说道，她知道丈夫有多看重卫生。

"他为什么被转移了？"克里提斯问道。

"他没说，他有太多别的事情要告诉我了。"

克里提斯没有再问更多细节。妻子为探监差点丢了性命，可她现在又去了，这让他很不高兴。

当然，还有更深层的焦虑。她与安德烈亚斯的这种联系让他内心有种深深的忧虑。要是索菲娅发现她真正的父亲是谁，会怎么样呢？除了对玛丽亚的爱，与索菲娅的纽带是他生命中最珍贵的情感。长久以来，他们知道玛丽亚不能生育。她属于那种生育能力遭疾病损害的不幸的麻风病患者，所以两人都非常清楚，索菲娅会是他们唯一的孩子。

索菲娅现在八岁了，正在长个儿。她学着认字读书，对天底下一切的一切都想刨根问底，凡事都要问个"为什么"。克里提斯从事与科研相关的工作，可以为她问的大部分问题提供简单明了的答案。父亲疼爱女儿，女儿崇拜父亲。克里提斯和索菲娅学校里大多数朋友的父亲都不一样。他一头银发，穿着也更帅气，甚至说话口音都不一样。索菲娅知道爸爸在医院里是很重要的人，他看过的病人有时会送给他礼物。一个男孩子告诉她，她爸爸救过自己爸爸的命。

对克里提斯来说，只要有可能导致他失去这个称他为爸爸的孩子，哪怕是冒最小的风险，他都无法接受。探监是他和妻子产生矛盾的根源，每次探监之后，总有一两天，家里的气氛冷冰冰的。不久玛丽亚就要在医院里做兼职了，也许她以后再没时间去了。这是他的期望。

玛丽亚急切想见到亚历山德罗斯·范多拉基斯。她想让他知道，他儿子收到他的信有多高兴。那个周末，她带索菲娅去奈阿波利看望大个子爷爷。

"他一见面就告诉我，"她说，"你的信对他来说有多重要。"

亚历山德罗斯·范多拉基斯向前微微探着身子。

"也许我早就该这么做，是你让我意识到——"

索菲娅跑进来打断了他们的话。

"妈妈！霍尔塔基斯太太教我怎么做饼干，现在饼干就在烤箱里！"

"这可太棒了，我的宝贝！等晾好了，你会拿一块儿给爷爷吃吗？"

"也给妈妈一块儿！"索菲娅唱歌般喊着，又蹦蹦跳跳着出去了。

玛丽亚急着往下说。

"他换地方了！他原先那一侧都是六人间，现在他不住那个糟糕透顶的拥挤的囚室了。现在他住的是单间，而且很干净！"

亚历山德罗斯·范多拉基斯满意地笑了。

"我没时间问他为什么会这样，什么时候换的囚室。那一间位于监狱的最里面，所以我到的时候，几乎又到该离开的时候了。"

索菲娅又回来了。

"就快烤好了，妈妈！"她说，"饼干马上就好了！"

说完她又跑开了。老人又和玛丽亚聊了几分钟她的病。她非常谨慎，免得让他联想到她是因为探监才染上的肺炎。

离开之前，饼干已经出炉，可以吃了。

"太好吃了，我的小宝贝！"亚历山德罗斯·范多拉基斯对孙女说，"这是我吃过的最好吃的饼干！"

"我们能带一块儿回家给爸爸吗？"索菲娅问。

"当然可以啊，"玛丽亚说，"我想霍尔塔基斯太太甚至可以给我们两块。你能请她帮我们包起来吗？"

索菲娅去厨房的时候，亚历山德罗斯问玛丽亚什么时候再去看他的儿子。

"希望很快。我得和克里提斯协调好医院上班时间。我去的时候他得送索菲娅上学放学，"她答道，"我下周就要在医院做兼职了，所以时间会更有限。"

"好吧，不管你什么时候去，你能把这个给他吗？"亚历山德罗斯·范多拉基斯用一只明显颤抖的手把一个信封递给玛丽亚。他俩都知道囚犯是不允许保留信件的，信读完就得上交。当然，除非不通过狱方传递，监狱官也不知道收到了信。

她从他手中接过信封，一声不响地放进包里。即便只是拿着它也感觉像犯了法，但她没法拒绝这位老人。

该走了。亚历山德罗斯站起来，弯下腰在孙女头顶上亲了一下。他还有几个外孙，都比索菲娅大一点，但在他的心中，没有哪一个比索菲娅更亲。

那天晚上，克里提斯和玛丽亚吃完饭，收拾好碗碟后，玛丽亚想起那包仔细包好的饼干，现在滑到手提包的最底下。掏饼干的时候，她的手指触到了光滑的信封。

她估计还得过几周才能去探监，想想真沮丧，但她知道时间会过得很快。然而，对安德烈亚斯来说，肯定每个小时都是缓慢的煎熬，未来的时光也是漫漫无涯的虚空。

"亲爱的，你在想什么呢？"克里提斯注意到妻子正心不在焉地盯着地面。

"哦！没什么，克里提斯。我突然想起索菲娅给你做的饼干。她可自豪了。给！"

他打开那个小包，津津有味地吃起来。

"味道美极了！"他说，"你今天和亚历山德罗斯聊得开心吗？"

"开心。"她说，"他很喜欢见索菲娅，而且我们总是聊得很开心。他喜欢有人陪着，我觉得他女儿不怎么去看他。"

她没有提及那封信，也非常清楚自己故意漏掉这一点。她完全知道克里提斯会说什么。他俩都知道，夹带物品进入监狱给囚犯属于严重违反规定。万一被发现，无疑会导致安德烈亚斯受到某种惩罚,而且还会将她自己置于险境。

　　信封在她手提包里放着,这是最安全的地方,但在接下来的几周里,她清晰感觉到它的存在。每次伸手去拿钱包或钥匙时,她都能感觉到它。等哪天信脱了手,她才会感到舒心。

第十四章

　　安东尼斯有时缠着佛提妮打听玛丽亚探视安德烈亚斯的情况，但他妹妹总是守口如瓶。她一直很反感哥哥对旧情敌的厄运幸灾乐祸。

　　玛丽亚对朋友佛提妮毫无保留——安德烈亚斯的模样，他说了什么话，监狱的条件等等——但佛提妮却从不外传。说起这位大人物因犯罪而身陷囹圄时，安东尼斯口气总是得意扬扬，这让佛提妮心里很不舒服。她觉得绝不能给哥哥十几年的怨恨火上添柴。安东尼斯自己现在该有的都有了，有好几个建筑工地，还计划建一座酒店，他拥有两辆车、一栋大房子，娶了一位漂亮妻子，第二个孩子也快出生了。而安德烈亚斯·范多拉基斯却一无所有，身无分文。

　　佛提妮知道安东尼斯同安德烈亚斯的堂弟马诺利仍然有联系，故而格外谨慎。不，她心里想，关于那个可怜人，无论玛丽亚对她讲过什么，都只能烂在她自己肚子里。她爱哥哥，但在这件事上，她并不完全信任他。

安东尼斯断定马诺利再也不会回克里特岛看他了，所以那一年他找了个周末，把妻子和孩子留在圣尼古劳斯的家里，自己去比雷埃夫斯待了几天。

渡船还没有在地平线上出现，马诺利就已早早来到码头上等候，时隔这么久又能见到朋友，他十分兴奋。

这些年里，两人都很想念对方。他们热情地抱在一起，亲昵地打闹着。

"嘿，你这兔崽子！"

"哎呀！你现在真是仪表堂堂啦！"马诺利后退一步，欣赏着他这位又英俊又讲究的朋友，感叹道。

安东尼斯一副功成名就的样子，如今他双手洗得干干净净，指甲缝里没有一点泥垢，右手戴一只很粗的金戒指，左腕戴一块沉甸甸的金表。他上穿一件在伊拉克里翁定制的休闲西装，下配一条裁剪合体的裤子；头发和胡须都修剪得精心细致。尽管几年前他就担心发际线失守，但如今发量还依然看得过去，虽说不如他朋友的那样茂密。

马诺利看起来仍像是在户外工作、靠双手谋生的人。虽然他现在皮肤布满纹路，但容貌并没失去让人回首注目的魅力。与安东尼斯相比，他衣着很随意，靴子沾满灰尘，但无论是谁，目睹二人在阳光下悠然漫步，见到的都是两位身材高大、异常俊美的男子，沉浸在彼此陪伴的喜悦之中。

他们走回寄宿旅馆，安东尼斯把包放在马诺利房间里。他俩再次出门时，阿加西出现在走廊里。她知道马诺利在等一个朋友，极想见一见来自他在克里特岛往昔生活中的某个人。直到今日，她这位房客对自己的前尘往事依然讳莫如深。她所知道的一切都是从窥探的信息中推理出的结果。

安东尼斯来访的第一晚，他俩一直喝酒聊天。马诺利想听安东尼斯讲讲他的婚姻和孩子。他还问起索菲娅的情况，问她过得是否快乐，现在长成什么样了。他欣喜地发现，索菲娅依然是安东尼斯的外甥马特奥斯最好的朋友。

对于老朋友的新生活，安东尼斯也有很多问题要问，对他正修的那艘船的方方面面更是深感兴趣。

第二天，他们开着马诺利的那辆阿尔法·罗密欧沿海岸跑了很远，之后又转向内陆直奔雅典。安东尼斯从没去过首都，他什么都想看看。他们登上雅典卫城，漫步在科洛纳基区的购物街上。安东尼斯对见到的一切都充满热情，他给自己买了几件衬衫，给妻子和小女儿买了裙子。他们在莫纳斯蒂拉基享用了一顿丰盛大餐，也是由安东尼斯买的单。

他们本已不记得在一起有多开心了，此时却发现，他们的友谊并没有随时间流逝而暗淡。

最后，他们来到帕蒂松街上的再会酒吧，那是一家人气很旺的酒吧，客人不走就不打烊。那天晚上，只有片刻时间，二人稍稍触及了那个改变两人生活的夜晚。那是半夜两点左右，面前桌上一瓶威士忌快要见底了。到了夜间那个时段，酒精让他们多愁善感起来。

"这么说,"安东尼斯身子稍稍歪斜着往前靠了靠,"都这么长时间了,你还没遇到一个对眼的姑娘?"

"我?"

"周围有这么多姑娘,"安东尼斯向四周随意挥一下手臂,"整个雅典,这么多姑娘。而你,马诺利·范多拉基斯,你……你却形单影只。"

马诺利拿起瓶子,把剩下的酒倒进两人的杯子。服务员几乎立刻又把一瓶酒放在桌上。

"没遇到,"马诺利摇了摇头,口气坚定地说,"没有人,一直都没有人……"

"从那……就再没有过?"

这些未完的句子,二人都完全明白。话题很快又转到别处。

早上五点左右,天开始亮起来,他们回到比雷埃夫斯。大半天时间他俩都迷迷糊糊,努力从前一夜的放纵中恢复过来。晚上八点,他们一起去见马诺利的几个朋友。

"安东尼斯!这是扬尼斯、迪米特里、塔索斯、米哈利斯、米尔托斯。"

他随意而亲热地介绍着,整个晚上都热热闹闹,安东尼斯对马诺利的新生活有了更清晰的认识。很明显,这些人都亲如兄弟。

斯塔夫罗斯来待了一个小时,却遭到了其他人无情的嘲笑。

"这些天他连门都不大出了!"其中一个人讥笑道。

"他现在是幸福的已婚男人,根本不想出门!"

的确，除了斯塔夫罗斯，这伙人没有哪个有稳定的关系；多数只偶尔有点风流韵事。这些男人很享受单身生活，到适当的时候，他们可能会寻求更稳定的生活，但现在，无牵无挂才是他们满足感的源泉。

他们分手时已经很晚了。睡过几个小时后，马诺利拉开窗帘，安东尼斯呻吟一声。已是上午十一点了，安东尼斯该出发去赶午班的渡轮，将于第二天凌晨抵达伊拉克里翁，这样他就能赶到他最新的建筑工地。去搭轮渡的路上，马诺利带他路过他工作的那艘豪华游艇。

"漂亮！"安东尼斯赞叹道，"可你就没有梦想过乘上它去远航吗？"

马诺利耸了耸肩，但现在没有时间谈这些了，安东尼斯马上就要登船了。马诺利问："你会再来吗？"

"开什么玩笑！马诺利，这是啥地方！这儿过得啥日子！"

"这里确实比圣尼古劳斯更热闹。"马诺利赞同。

"我想你再也不回去了，对吧？"

"不太可能了。"马诺利说。

"啊，"安东尼斯说道，"也就是说，我要更经常来看你，对吧？"

"随时欢迎，我的老朋友，随时欢迎。"

几周后，佛提妮告诉玛丽亚，安东尼斯去过比雷埃夫斯了。

"他们玩得很开心，"她说，"听上去马诺利在那里也挺快活的。"

玛丽亚坐在佛提妮的小饭馆中，凝视着窗外，望向斯皮纳龙格岛。小岛沐浴着金色的阳光，虽然近在咫尺，却感觉远隔千里。

她望着一艘船在水面上突突突驶过。那是她父亲的船，船上还有一个男人。肯定是牧师，如今他是唯一定期去岛上的人。几百人的遗骨依然躺在斯皮纳龙格的墓地里，其中当然有玛丽亚的母亲。按规定，牧师需要举行纪念仪式。

玛丽亚曾问父亲，还记不记得送母亲上岛的那一天。话一出口，她就意识到自己的问题很荒唐。

"每次和牧师去的时候，我都会重新经历那段旅程的每个时刻，"老人说道，眼中噙满泪水，"送你去的那次也一样。"

玛丽亚为惹他伤心而道歉。

"但是在回来的路上，我总会想起接你回家那次。"说着，他苍老的脸上浮起忧伤的笑容。

玛丽亚陷入回忆。

"你不想再多了解点安东尼斯访友的经过吗？"佛提妮问道，她本以为玛丽亚会有一大串问题要问。

玛丽亚摇了摇头，她对马诺利·范多拉基斯毫无兴趣。她认为他是自己家遭受失亲之痛的诱因。不管人们在安德烈亚斯的审判过程中说过什么，她现在可以肯定，他并非天生的杀人犯。她很高兴马诺利从他们的生活中消失了。她祈祷上帝能减轻她至今仍对他怀有的愤怒。她最多也就是尽量不去想他，佛提妮提起他的名字，让她一时有些恼火。

吉奥吉斯的船现在马上要到码头了，大约五分钟后就会到这里。他们，包括索菲娅，会一起吃晚饭，索菲娅下午要和佛提妮在一起。今天是星期一，饭馆不对外营业。

趁周围没有旁人，佛提妮问玛丽亚最近有没有去过监狱。

"我打算尽快去，"她答道，"但医院里一直很忙。"

佛提妮的丈夫斯特凡诺斯出现了。

"啊，你俩这对黏黏糊糊的朋友！总有说不完的秘密，对吧？"他揶揄道，"你们交头接耳的时间够长了，现在该吃饭啦，我已经叫孩子们了。"

某种程度上，斯特凡诺斯说的没错。她俩从小就是朋友，总有说不完的话，但玛丽亚记得，这是她第一次有秘密却不想说。她知道，假如她透露脚边的手提包里藏着那封信，她的朋友会极力反对的。

到了探监那一天，克里提斯注意到，玛丽亚明显心神不宁。

"这事要是让你发愁的话，就别去了。"他总期望能打消她探监的念头。

"我没事，克里提斯。"

"好吧，你知道我的看法……"

那天早上出门，空气中有明显的寒意。那是十月末，她很高兴戴了克里提斯的羊毛围巾，在脖子上绕了好几圈。亚历山德罗斯·范多拉基斯的信已经在她包里放了好几个月了。

和往常一样，到达监狱时，她的心怦怦直跳。那次遭到那男人上下其手，在她心中留下挥之不去的创伤。排队的几个女人谈到类似经历，只是她们的确几乎无一例外都曾企图把东西偷偷带给囚犯，结果被从包里翻出来，而后便被禁止探视六个月，她们探视的囚犯也被剥夺了所有优待。监狱官很享受大权在握的滋味，对待无罪的人跟对待犯人一样，都爱耍点狠招，玛丽亚知道他有多喜欢这样。

但是今天，查找安德烈亚斯的档案、记录她的探视、收取应交的款项等程序，似乎都比平时花的时间更长，很可能是她的想象吧。

"你那儿是什么？"警卫指着她身体一侧问。

玛丽亚低头看了看。她把围巾塞进衣服内袋里，所以鼓出一个包。她把围巾掏出来给他看。

这仿佛是邀请他对她进一步审查。

"把外套脱掉，"他说，"我要检查你有没有藏别的东西。请把衣服放在椅子上。"

玛丽亚乖乖照做，把包放在外套上面。她别无选择。求你了，主啊，她祷告着，别再让他碰我了。

"慢慢转身，"他命令道，"要非常慢。"

她遵照指示，转了两圈他才让她停下来。

"现在可以把外套穿上了。"他说，脸上挂出笑来。

她抑制住心中对这种威慑的愤怒。她不做任何反应，免得给他带来满足感。

还是那个年轻警卫，和以前一样靠墙站着。她想知道，他有多少次目睹他上司做这样的事？毫无疑问，他在等待有朝一日自己也能耍耍这样的威风。

指令下达："伽马区 10 号。"

玛丽亚把包紧紧抱在胸前，离开房间。她强忍泪水，双腿抖得发软，很难跟上警卫的步子。穿过院子的路程仿佛比上次还要长。

最后，他们来到如今关押安德烈亚斯的那幢楼，玛丽亚被放进他的牢房。他关切地看着她。

"玛丽亚，出什么事了吗？"

玛丽亚没有理会安德烈亚斯的问题，但他从她的表情明显看得出她很不开心。

"我没事，我没事，我只是担心不能准时进来。"她说。

"哦，见到你我很高兴。"

"你好吗？"玛丽亚决心把刚才发生的事抛到脑后。

安德烈亚斯看起来和上次一样，同样枯槁，但很干净，连指甲缝都很干净，而且按规定剃了光头。

自从上次探视以来，有一件事她一直想知道，就是为什么他被转到这里。她本以为这是对他的惩罚。

"也许看起来像单独囚禁，"他对她说，"但其实不是。之前我和五个人一起关在跟这一样大的一间牢房里。太可怕了，在那儿我都不想活了。那不是人过的日子，就光那恶臭……"

玛丽亚试图想象六个人住在如此狭小的空间会是什么样，但怎么想好像也根本装不下。

"我们听说要建一座新楼，后来开始施工了，噪声震天，灰尘漫天，一直持续了好几个月。有传言说，伊拉克里翁所有囚犯也正往奈阿波利转移。可以预见，我们就要失去一个活动场地，大家一计算，囚犯多出那么多，活动场地又少了一半，我们连每周放一次风也不可能了。很多人都快疯了，这是发生暴乱的一个原因。我也参加了绝食抗议。"

这就可以解释为什么他的骨头都快戳透皮肤了。

"他们用武力镇压了暴动。就算按这个糟糕地方的标准来说，残暴程度也是令人发指的，好几名囚犯因此丢了性命。"

"我们读到一些这方面的报道，"玛丽亚说，"但我相信大多数内幕都没有公开报道。"

"当然没有，"安德烈亚斯答道，他停顿了一会儿才继续说，"几周后，事态恢复正常。或者比正常还要糟糕。因为这件事，我们所有人都遭受了这样那样的惩罚。除了不准探视，我们还不能收信，食物分量也减了一半。"

玛丽亚惊呆了。外面的人根本想象不出这座监狱会有多残酷，其程度远远超过任何想象。

"然后有一天——天刚刚亮，肯定是早上五点左右——两名警卫走进牢房，把我从铺位上拖起来，戴上手铐押了出去。那一刻十分可怕，因为我不知道发生了什么事。我以为要被带到某个地方受罚，但我突然发现自己到了这里！正好相反，我仿佛得到了奖赏。一切都变了，我仍然没有自由，但在这里我可以呼吸，可以思考。就我一个人！"

"你居然还有一本书！"玛丽亚惊叫，注意到桌上放着一本《圣经》。

"这是唯一允许我们拥有的东西,"安德烈亚斯笑了笑,"但总比什么都没有强。"

"可怎么会发生这种事?"

"我有个猜测,但不敢确定。我觉得跟钱有关,我推测有人出了一大笔钱。"

"你父亲?"

"不可能是别人,对吧?"

"他什么都没对我说。"玛丽亚说。

"我想他也不会说。"

玛丽亚环顾房间。里面空间很小,但明显有种宁静之感。她参观过克里特岛上的几所修道院,见过修士们的寝室,这里和那种寝室相差并不大。

"我们现在分别关押,再也看不到另一个区域了。锻炼,吃饭,所有一切都是分开的,跟其他囚犯没有任何接触。但是,有犯人新搬到这边的时候,我们就会了解到他们那边的想法。他们都满腔怨恨。"

"那是肯定的。"玛丽亚说,"可你真相信监狱当局会收受这种贿赂吗?"

"那还用说。"

玛丽亚开始着急。她瞟一眼手表,时间正一分一秒地流逝,她得趁警卫没回来,赶紧把信交给他。

那封信在她包里放了这几个月,信封已经有点脏,也有点皱了,但上面安德烈亚斯的名字仍然清楚。她麻利地拿出来,顺手塞到《圣经》下面。

"这是什么？"

"你父亲的信。"玛丽亚紧张地说，"我知道不允许你这样收信，他们会查出是谁把它带进来的，所以……"

他们听到插销拉开的声音。

"……所以，等我走了再看。"

"你会向我父亲解释我为什么不写回信吧？"

"他明白。"玛丽亚说着，拿起自己的包。

第十五章

　　玛丽亚需要一段时间调整好心态,才能再去奈阿波利。无论如何努力,她始终无法将那次遭受猥亵的经历从脑海中彻底抹去,而监狱官的再次恫吓,又触发了她的恐惧,于是她越发不愿去探监了。可这件事,她对最好的朋友都难以启齿。

　　最后,她觉得终于做好了心理准备。距探监还有几天,她像往常一样带索菲娅去看望亚历山德罗斯·范多拉基斯。

　　现在小女孩已经养成和霍尔塔基斯太太一起做饼干的习惯。玛丽亚做菜很拿手,做糕点却差点儿,她很高兴有人能教女儿这项本领。

　　时值春季,她俩正在练习做美味的复活节饼干——库露拉吉亚[1],里面添加了橙皮和香草用来调味。索菲娅很没耐心搅拌配料,

---

[1] 库露拉吉亚(Koulourákia),意为"小扭曲物",是希腊复活节食用的传统饼干,以面粉、糖、牛奶等原料制成柔软面团,经醒发、塑形、再醒发后,烘烤至金黄酥脆,其独特的环形或麻花状象征连绵与生命。

但霍尔塔基斯太太要求必须先把面粉、糖和橄榄油充分搅拌,和成无可挑剔的面团,才能开始塑形。而到了塑形这一步,索菲娅才兴奋起来。她们切下一块块团面,把每一块都扭成蛇的形状。

"你知道为什么要做成蛇形吗?"管家问道。

索菲娅耸了耸肩,她正一门心思做小蛇,顾不上回答。

"因为几千年前,在这儿生活的人,人称米诺斯人,他们崇拜蛇!"

索菲娅把还没烤的饼干坯小心翼翼地放在烤盘上,她抬起那双棕色的大眼睛看着霍尔塔基斯太太。

"那他们干吗还要吃蛇呢?"

"问得好,我的宝贝。"管家笑起来。

她俩继续默默做饼干,直到把整个烤盘都排满,准备放进烤箱里。

玛丽亚和亚历山德罗斯·范多拉基斯清楚,他们有时间可以说点儿体己话。

"我把您的信给他了,"玛丽亚说,"接到信他看起来十分高兴。"

"啊,很好。他还是住在那个单间里吗?"

"是的。"玛丽亚答道。现在她终于明白,为什么好几个月前老人会露出那种意味深长的微笑。当时她很困惑,但此刻,这笑容让她确认,是他出了一笔巨款,才使安德烈亚斯搬到了一个更文明的地方。

他们又聊了一会儿,老人请她帮自己倒杯水来,于是玛丽亚去了厨房。

饼干刚出炉,索菲娅正小心翼翼地把它们摆在冷却架上。

"这些都是她自己做的!"霍尔塔基斯太太高兴地汇报。

"我一会儿就把它们拿进来,"索菲娅说,"但是得等晾好了才行。"

再过几个月她就九岁了。她非常能干,而且很有主见。她每一步都要严格按规矩做,还打算在饼干上撒上糖,再用一个专门的盘子盛着。

"别担心,我的小宝贝,"玛丽亚向她保证,"我不会干涉的。"

她和管家相视一笑。

玛丽亚回到客厅。

亚历山德罗斯·范多拉基斯好像睡着了。玛丽亚知道他经常在下午小睡,但通常是在她们离开以后。

她轻手轻脚地走到他椅子跟前,把杯子放在他身旁的桌上。她注意到他的头有点别扭地向前耷拉着,接着注意到,他的胸部没有了起伏。他一动不动。她用颤抖的手握住他的手腕,摸了摸脉搏,却什么都没摸到。

她扶住他的头,调整到一个更自然的姿势,然后跑出房间,在门厅里给克里提斯打了电话。他会立即从医院赶过来。

玛丽亚来到厨房,把霍尔塔基斯太太叫到一边,背着索菲娅把刚发生的事告诉了她。这位服侍了这一家半个世纪的忠心耿耿的老管家冲出房间。玛丽亚听到她在客厅里抽泣,便打开收音机盖过她的哭声。

时间过得很慢。玛丽亚让索菲娅在厨房里玩,告诉她爷爷睡着了,她们千万别吵醒他。

终于,克里提斯来了。他经常来接她俩,所以索菲娅看到他并不奇怪,但她从没见过他脸上露出如此焦急的神情。

"爸爸怎么了?"克里提斯匆匆离开厨房时,她问妈妈。

"我想他是累了,我的宝贝……可能他今天工作很忙。"

十分钟后,克里提斯再次出现,脸色看上去比刚才还要灰暗。他与妻子和女儿在厨房的大桌旁坐下,握住女儿的小手。

"索菲娅,"他说,"很久以前,你还很小的时候,奶奶去世了。爷爷非常难过,难过了很久,但他知道,总有一天他们还会重新在一起的。"

"那现在他去哪里了?和奶奶在一起了吗?"索菲娅直接问道。上周在学校,一个小朋友的爷爷去世了,所以她很熟悉爷爷奶奶们都去哪儿了。

玛丽亚看看克里提斯,知道丈夫并不真正相信他自己说的话,便帮他打圆场。

"是的,索菲娅,爷爷现在和奶奶在一起了。"

索菲娅哭了起来,但等她的父母都拥抱过她,她就不哭了。她想再看看爷爷,于是他们答应让她最后一次从门口看了看他。

霍尔塔基斯太太伤心欲绝,玛丽亚陪着她,克里提斯则带着索菲娅回家了。

亚历山德罗斯的女儿女婿们一到,玛丽亚就离开了。他们对已故的安娜·范多拉基斯的妹妹一直冷若冰霜,而此刻,她更能觉出他们的怨恨,因为她是他们父亲生前见过的最后一个人。

完成哀悼死者的正式程序是直系亲属的责任,奥尔加的司机奉命将玛丽亚送回家。

三十六小时后,亚历山德罗斯·范多拉基斯便下葬了。葬礼在奈阿波利市中心的大教堂举行,有数百人出席。前来吊唁的人太多了——家人朋友、地方显要、庄园工人——大家不能同时进去,但所有人都得到机会,向这位深受爱戴的老人表达最后的敬意。

那是一个温暖、静谧的下午,玛丽亚站在教堂台阶上,听着缓慢悠长的钟声,心想,不知道安德烈亚斯能不能听到这钟声。监狱离这里不到五公里。

她猜测,奥尔加和艾利妮不会第一时间给弟弟写信,通知父亲的死讯的,于是她决定过一两天就去看望安德烈亚斯。她知道亚历山德罗斯·范多拉基斯会希望她去报信。

为去探监,她压下对监狱官的恐惧。他还在那里,跟往常一样,一身臭汗,一脸奸笑,但也许就连他也对服丧的人表示出一点尊重。他找出范多拉基斯的档案,做了登记,没有像往常一样插科打诨,叫来警卫送她穿过院子。

安德烈亚斯一眼就注意到她身上的黑衣。

"是你父亲?"门在她身后一插上,他便问道,"我很难过……"

他以为她是在为吉奥吉斯服丧,吉奥吉斯比他自己的父亲大几岁。

"我们坐下说好吗?"玛丽亚轻声道。她坐在那把木椅上,安德烈亚斯则坐在床边,"很抱歉,安德烈亚斯,是你父亲。两天前他去世了,我很难过。"

好一会儿,安德烈亚斯把头埋在手里,仿佛是在祈祷。当他抬起头时,眼睛里含着泪水,却并没有流下来。他感觉自己哭不出来。

"他去世的时候我就在你家,"玛丽亚解释说,"他走得很安详。我刚告诉过他,你收到他的信了。"

安德烈亚斯沉默了一会儿。

"玛丽亚,我给你看样东西。"他终于说话了,声音极为沉静,伸手去拿桌上的《圣经》。里面夹着一张纸,几乎像是当书签用的。他小心翼翼地抽出来,仿佛那页纸如金箔一般珍贵。信封已经被处理掉了。"看!你看到他怎么说了吗?"

他把那页纸给玛丽亚看,自己却并没有松手,她还没来得及看一遍,他便迫不及待地说:

"你听着,我来读!"

安德烈亚斯读起他父亲的信,玛丽亚坐在那里,很惊讶父子二人声音竟如此相像。

亲爱的安德烈亚斯:

  很抱歉我反应太过迟缓,用了这么长时间才想通这件事。

  我只想对你说:既然玛丽亚可以宽恕你,那我也可以宽恕你。

深爱你的父亲

玛丽亚低头看着地板，安德烈亚斯重复着这几句话，那崇敬的语调，仿佛是在诵读《圣经》。

"既然玛丽亚可以宽恕你，那我也可以宽恕你。"

她看着他的泪水顺着脸颊流下来，喉咙里不禁一阵哽咽。

"我父亲宽恕我了，玛丽亚。我从不敢想象……他在去世之前，宽恕我了……"

她想碰碰他的胳膊，只是表示一下安慰，但还是忍住了。

安德烈亚斯直视着她。

"玛丽亚，我心里毫不怀疑，你是位天使。"

这个词让她感到很不自在。她的确尽力为别人好，可她才没有什么天使的心性呢。每次她来看安德烈亚斯，总会和克里提斯产生点摩擦。假如她真有天使的心性，可能就不会对克里提斯生那么大的气了，索菲娅不肯收拾自己的房间的时候，她可能也会更有耐心。不，她才不是什么天使。

"我可不这么认为，安德烈亚斯。"她肯定地说。

"可你绝对是最纯粹意义上的天使，安哲罗斯——古希腊语中表示'报信人'，说的就是你。就像加百列，上帝的报信人。"

这话听得玛丽亚有点愣，安德烈亚斯的神学知识让她吃惊。

"玛丽亚，你带来了这封信，它传达的消息对我而言极为重要。就像天使加百列传达给圣母玛利亚的消息一样。"

此时，门口又传来熟悉的拉插销的声音，这可恶的声音预示着每次探访的结束。安德烈亚斯急忙把信藏回《圣经》中。

那天晚上，玛丽亚做了一个真真切切的梦。亚历山德罗斯、埃莱夫塞里娅、安娜和安德烈亚斯一起坐在树下的长桌边进餐,有说有笑,十分开心。

那是美丽而平和的一幕。只是后来她才开始分析这一梦境。为什么安德烈亚斯会在那里,和死者一起进餐呢?

第十六章

　　等待宣读遗嘱时，奥尔加尤其迫不及待。父亲的财产怎么分配？他有没有给安德烈亚斯的女儿留一份儿？就连那个不在场的侄子，说不定也会给他留一份儿？有各种各样的可能性，每一种都让她心焦。

　　奥尔加嫁的男人并不像他家人当年自诩得那么富有，不仅如此，她还发现他生性好赌。奥尔加有四个孩子要养，还有一个爱玩牌动辄输掉几十万德拉克马的丈夫，她祈祷靠父亲的遗产可以力挽狂澜。

　　艾利妮的婚姻更如意。她也希望父亲会在遗嘱中给她留点东西，可她清楚父亲显然更宠爱奥尔加，要是把财产最大的一份留给奥尔加，也完全在她意料之中。

　　律师事务所灯泡瓦数很低，墙上装饰着深色木镶板，看起来比范多拉基斯家还要阴沉压抑。那位老律师费了好大劲儿才结结巴巴宣读完遗嘱的每一个句子。

奥尔加与丈夫并肩而坐，努力摆出一副轻松的表情，可还是掩饰不住紧张的心情。艾利妮是一个人来的，她丈夫要在雅典市中心买座新楼，去走最后的程序了。

尽管律师用了一个多小时才宣读完亚历山德罗斯·范多拉基斯的遗嘱，但遗嘱的要义却极为简单明了。他那座庞大的庄园和大片大片的橄榄林和葡萄园，全部平分给两个女儿。

虽然老人把土地分得不偏不倚，精确到最后一公顷，但事后两个女婿却立刻为地界吵了起来，姐妹俩也都觉得对方得到的葡萄园更肥沃、橄榄林更高产、土地面积更大，而如今随着被视为新兴淘金热的旅游业的勃兴，说不定时机成熟，这些土地就会得到开发。最近，不宜耕种的滨海区域被视为修建酒店的潜在用地。

姐妹俩就各自所继承财产的货币价值吵得十分凶，但谁也不想想，是什么样的缘由才使她们拥有这样巨额财富的。奥尔加继承了范多拉基斯家的祖宅，艾利妮则得到了安德烈亚斯和安娜的房子——自从那个可怕的八月夜晚之后，那儿就一直空着。在宣读遗嘱的过程之中和之后，他们甚至没有一个人提到安德烈亚斯。假如不是造化弄人，现在他才应该是这片土地的主人。

一天上午，玛丽亚在圣尼古劳斯的市场上偶遇霍尔塔基斯太太。见到这位老管家，她十分高兴，询问起奈阿波利那家人的一切情况。她以为霍尔塔基斯太太会留下来继续服侍新主人。

"我在那家待了一星期，"老太太答道，"就再也忍不下去了。没法给那些人干哪，一刻也不能多待。他们什么事都吵：女主人和男主人吵,孩子和孩子吵,吵啊,吵啊,吵个没完没了。我受不了啦,克里提斯夫人,我都到这岁数了,而且服侍过那位和善的范多拉基斯先生,就更是受不了这伙人了。老先生是不太有笑模样,可对我总是很和气。你知道他做了件啥事吗?我做梦都没想到,他竟然给我留了一笔钱!足够租一套不错的房子,让我过上几年的。玛丽亚,我现在七十三啦,我不需要那伙子……人。"

听了这番话,玛丽亚并不惊讶。她对安德烈亚斯·范多拉基斯的姐姐们不抱什么幻想,很欣慰现在无需同她们打交道了。她们对自己的侄女没有表现出任何兴趣,这令她——尤其是克里提斯——松了一口气。

在偶遇霍尔塔基斯太太几周后,一封信送到玛丽亚和克里提斯手中,收信人为"索菲娅(原姓范多拉基斯)的法定监护人"。信是伊拉克里翁的律师寄来的,告知他们亚历山德罗斯·范多拉基斯已为索菲娅·佩特基斯存入了一笔五十万德拉克马的信托基金,将在她二十一岁生日时发放。

玛丽亚眨了眨眼睛,以为自己数错了几个零。克里提斯不得不给她读了两遍,她才相信。这可是一笔巨款。

马诺利是家族中唯一不知道亚历山德罗斯去世的人,但既然遗嘱中没有提及他,故而也没有追查他下落的法律义务。

玛丽亚问佛提妮,她哥哥近来有没有去看马诺利的打算。

"我想他正盘算过两三周去看他,"佛提妮欢快地回答,"安娜斯塔夏不太想让他去,但对他来说,看看外面的花花世界还是有好处的。"

安东尼斯已经定好了船票，像以往那样满怀见到朋友的兴奋和期待，他在一个晴好的周五下午抵达，发现马诺利的心态还是一如既往，活在当下，从不眺望远方。

马诺利依然寄宿在阿加西女士那里。寄宿旅馆的一大变化是，艾丽和老板的儿子菲利波斯结了婚，搬出去住了。他们举办了一场规模不大但很快乐的婚礼，人人都夸新娘子穿上那件糖果色婚纱有多么甜美动人。

安东尼斯答应过，要向马诺利提起他叔叔去世的消息。

"唉，那位老人，"马诺利深情地说，"他对我一直很好。只可惜他那两个女儿，太不招人喜欢了。"

"我觉得她俩没啥长进，"安东尼斯笑道，"至少我听说她俩还那德行。我跟一些工友还一起喝酒，他们的新老板并不招人待见。你还记得奥尔加的丈夫吗？"

"他一直都很混账。"马诺利证实。

"给自己干就好多了，"安东尼斯说，"反正我是这么想的。"

"为那位老人干杯！"马诺利举起酒杯。

"对，"安东尼斯同意，"为你叔叔，为我的前老板干杯！为亚历山德罗斯·范多拉基斯干杯！"

那天晚上，二人在比雷埃夫斯聊个没完，最后都喝醉了。

安东尼斯向老朋友原原本本讲了自己最新的建筑项目，一家离海不远的酒店。

"这才是未来，马诺利！外国人来克里特岛，来圣尼古劳斯花钱。北欧从来不出太阳！他们到希腊来，看到这里灿烂的阳光，兴奋得都要疯啦！他们甚至不敢相信天会是这样的颜色。我给你说，虽说现在游客还不多，但再过十年，就会有成千上万的游客涌到克里特岛。"

马诺利听着，他很喜欢朋友这样满腔热情的样子。

"还有葡萄酒，在他们看来简直太便宜啦！他们不醉不归。他们还喜欢这里的美食。你知不知道，斯堪的纳维亚竟然没有羊奶酪！还有奥地利人，从来都没见过西瓜！你能相信吗？"

这些地方马诺利都去过，很清楚饮食习惯有多大区别，但他并没有打断朋友的话。

"马诺利，有的是钱可赚！你干吗不回来，咱们一起干点什么？咱俩可以合伙。我刚买了块儿地，准备再建座酒店。我知道不该在沙滩上盖房子，可如今在这儿盖酒店就可以拥有私人海滩，这样客人出了房间就能直接走到海里，独一无二的体验哪！"

马诺利凝视着酒吧对面的船坞。

"我在这儿已经挺开心了，"他说，"目前来说，我别无所求。"

安东尼斯摇了摇头。他现在事业蒸蒸日上，又购置了一辆新车，搬进了一座更宽敞的房子，并凭借他良好的财务状况为未来的项目贷了一大笔款。他不理解朋友的选择，他相信马诺利也能像他一样发大财。

"我说马诺利，你该考虑一下，在这里你就是浪费时间。我们会合作很愉快的。"

马诺利不愿对朋友说得太直接，可哪怕地球上只剩下克里特岛，他也绝不会回去的。安娜的死投下一道深长浓重的阴影，他不想活在这场悲剧留下的黑暗之中。要想让人们不再嚼舌根，恐怕还得再等几十年。克里特岛的一切，它的气息、声音、味道，无一不让他想起安娜，她的身影无处不在。他怎么能在这样的地方开启新生活呢？

他轻描淡写地解释了自己的理由。

"也许以后吧，"他对安东尼斯说，"这里工作很好，我挣了不少钱，也存了点儿。谁敢说以后会怎么样呢？"

周末过得非常愉快。两人兜里揣着不少现金，周六去逛雅典市中心的爱勒慕街，那里林立着奢华昂贵的商店。安东尼斯喜欢花钱，在一家珠宝店，他花了一大笔钱给自己买了一款新表。

"有些牌子在圣尼古劳斯是买不到的。"他笑着把一沓钞票递给店员。

走出商店，沐浴着午后的阳光，他们信步走向锡塔玛，也就是宪法广场，很快就来到格兰德布列塔尼酒店外面。即使在爱琴海最偏远的岛屿上，这家地标性酒店的大名也是尽人皆知。这是希腊最时髦、最昂贵、最漂亮的建筑，也是安东尼斯一直心向往之的圣地。

"去喝点什么吧？"马诺利说。

他二话不说，在前面带路。门童微笑着伸出一只戴手套的手，为他们拉开门。他看出这二位衣着考究，是那种离开时会付一大笔小费的客人。

他们立即被引到一张桌边，马诺利点了杯马提尼。

"请来杯一样的。"安东尼斯说。

他欠身往前靠了靠。

"你怎么知道该点什么呢？"他问朋友。

"这是最好的鸡尾酒。最简单，最好，最纯粹。全欧洲最好的马提尼，就是这儿调的。"

"你是说你以前来过这儿？"安东尼斯环顾着店内奢华的装潢，问道。他睁大双眼，打量镶着镜子的墙壁和天花板，流光溢彩的吊灯和茂盛如丛林的巨型盆栽棕榈。轻柔的乐曲，从远处角落的一架大钢琴上缓缓流出，潮水般向他们漫过来。

安东尼斯从没想过马诺利以前的生活，但现在看来，他显然不是初涉此地。

这里与布拉卡和他们经常光顾的酒吧仿佛隔着好几光年的距离，那里能点的除了啤酒便只有拉克酒。偶尔有时候，安东尼斯意识到自己对这位朋友所知甚少。马诺利是那种无论走到哪儿，无论遇到谁，都能和人打成一片的人，简直就是一只变色龙。安东尼斯第一次留意到他这位朋友已经褪去了克里特口音。没错，这男人就是一只变色龙。

安东尼斯转头去看调酒师，见他正使劲晃着鸡尾酒摇酒壶，冰镇过的酒杯在吧台上一字排开。一名侍者给他俩送上盛在刻花玻璃杯中的冰水和装在小银盘中的葡萄大小的坚果和奶酪饼干。玻璃杯和银盘下都铺着白色亚麻杯垫。

片刻之后，侍者端着马提尼回来。

"您还需要什么吗，先生？"他问道。

"暂时不需要，谢谢。"马诺利答道。

马诺利小心地端起酒杯,安东尼斯专注地看着。

"可别一口干了,"马诺利微笑着指导,"这不是拉克酒,得细细地品。"

安东尼斯端起自己那一杯,看着清澈透亮的酒液,取出里面穿在签子上的橄榄,小心翼翼地架在杯沿上。这是他第一次喝鸡尾酒。

"尝尝看!"马诺利催促他。

安东尼斯几口便喝光杯中酒,把杯子放回到桌子上。

"我的圣母啊,"他感叹道,"太好喝了,就是没喝够。"

于是俩人又点了几杯这种酒。

"你是这儿的常客?"安东尼斯问。

"算不上常客,但每次来雅典都会到这儿坐坐。"马诺利答道,"你知道,安东尼斯,我在欧洲各地都生活过,罗马、巴黎、萨尔茨堡,我都点过马提尼,但没有一种能跟这儿的相媲美。"

"那你干吗还回克里特岛呢?"安东尼斯口齿含混地问,"这点我一直没搞明白。"

"钱哪,钱都花光啦,真的。你要是一直花一直花,光花不挣,早晚有一天会见底儿的。"

他说的倒是大实话,安东尼斯还是礼貌地点了点头。

"我从来没想过再也不走了,"马诺利承认,"我只觉着在一个地方待上一阵子也不错,跟自家人在一起。"

"然后——"

"咱们买单吧!"马诺利打断朋友的问话,安东尼斯马上就要踏入禁区了。

马诺利微微一点头,招来侍者。他扫一眼账单,便在托盘上放下一张大面值的钞票,又微微一摆手,表示不用找零了。

虽说安东尼斯已有醉意,可心里还是清楚自己触到了马诺利不想对外人道的秘密。安娜依然是他心中不能碰的痛处,他的防线也一如既往,不可侵犯。

正如门童所希望的,他俩出门时,马诺利悄悄将几张德拉克马塞进他手里。安东尼斯将朋友一举一动的细微之处都看在眼里,这地方他以后是要常来的,他看得出,掌握好规矩,做到分毫不差,才是融入此地的关键。

二人沿街一路上行,朝科洛纳基方向走去。他们需要先去取马诺利的车,再开回比雷埃夫斯。一小时后阿加西会在一家布祖基亚演出,马诺利说好他们要去捧场的。

那一夜,女房东歌喉婉转动人。马诺利与安东尼斯同斯塔夫罗斯坐在靠近舞台的桌边,还有几个朋友也跟他们坐在一起。

也许是酒入愁肠,也许是与老友重聚勾起太多克里特岛的画面。毫无疑问,马诺利今天比平时更真切地感觉到安娜就在身边,但他还是克制住起身跳泽贝吉克舞的冲动。

最后,两位好友朝家的方向走去,此时,太阳已经在冉冉升起。

第十七章

玛丽亚在给安德烈亚斯写信,但她已经很久没去探监了。不去,是因为太憎恶那个监狱官,可这一点她甚至对自己都不愿承认。连克里提斯也问她,为什么这么久没去看安德烈亚斯了,她也只得编个借口搪塞过去。

亚历山德罗斯·范多拉基斯一周年忌日那天,玛丽亚、克里提斯与吉奥吉斯一起出席了纪念他的追思会。又过了一周左右,玛丽亚心中突然涌起一阵愧疚,于是她克服了恐惧,向医院请了一天假,搭上公交车,排进监狱外的队伍。

那个监狱官假装没认出她。这让她不安,但也算一种解脱,探监手续很快办好。

关押安德烈亚斯的那栋楼和他刚搬进来时一样,依然干净卫生。玛丽亚一直担心他父亲死后,支付这间特殊牢房的费用可能会停掉。但亚历山德罗斯·范多拉基斯好像早已预留出一笔钱,以继续支付,这令她如释重负。她很高兴,老人既保护了儿子也保护了孙女,使他们免受贪心女儿女婿的算计。

安德烈亚斯几乎没什么变化,依然留着光头,依然形容消瘦。他见到她很高兴,问起关于吉奥吉斯和索菲娅的一切情况。上次探监之后,孩子过了九岁生日,玛丽亚带来几张最近拍的照片给他看。

"这是在学校……这是参观克诺索斯拍的……这是我们去锡提亚时拍的……这是在布拉卡的沙滩上……"

玛丽亚在旁边实时解说,安德烈亚斯却几乎心不在焉,看完照片又还给了她。她本以为他既然是索菲娅的父亲,应该更感兴趣才对,可他竟然没要求留下哪怕一张照片,这让她有点意外。她想,可能是因为他和她都知道这样做有风险吧。囚犯是不准拥有任何物品的,只有依然摆在桌上的那本《圣经》除外。

照片已经放回包里,她担心后面就无话可说了。毕竟,有什么可说的呢?对于一个再也不能重见天日的人,外面世界发生的事情与他又有何干呢?而关于他的父亲,该说的也早都说过了。

以前在大房间里探视,时间总是嘀嘀嗒嗒过得飞快。周围噪声太大,每句话都得重复,有时还不止一遍,不会出现尴尬的沉默。

安德烈亚斯这次看起来比以前更沉默。玛丽亚本来也可以莽撞地给他八卦一下他姐姐姐夫们的所作所为——当地报纸已有报道,这两对夫妇正酝酿一场争斗;有传言说他们还会对簿公堂,奥尔加现在对遗嘱提出疑问,认为自己没有得到合理的份额。

在玛丽亚看来,这一切都令人不齿,她也不想让安德烈亚斯为此心烦。

她正想给他讲讲克里提斯参与的医学研究的新突破，安德烈亚斯探过身拿起《圣经》。

"玛丽亚，我近来一直在读经，"他说，"从头至尾地读。"

她看到经书中夹着他父亲的信，推断他已读到了《福音书》。

"真美啊，"他说，"充满了智慧。"

玛丽亚微微一笑。她熟悉《新约》的大部分内容，却从没有像他那样通读过《旧约》。

"里面有各种故事，各种人，充满了诗意。"

"不知道到底有多少人真正通读过《圣经》。"她说道。

"我想也没多少人只盯着一本书读。"安德烈亚斯答道，脸上现出一丝笑容。"但是玛丽亚，我很庆幸只有这一本书可读。直到最近我才开始领悟其中的美妙之处。"

"我要是能给你带些别的书来读就好了。"她说。

"不用！别担心，我现在只需要这部书，可能比任何人都更加需要。"

玛丽亚凝视着安德烈亚斯的眼睛，不确定他这话是否带点讥讽，但看得出他说的是真心话。

"反正这里也只允许读这一部书。"他笑着加了一句。

玛丽亚见他如此平和，感到一阵欣慰。

"我得给你讲讲神父的事。"他说，"差不多半年前，我要求见一位神父。我们随时都可以求见神父，不论是白天还是晚上。在这地方，上帝倒不是限额供应的。"

玛丽亚动了好奇心。她怎么也没料到会听安德烈亚斯谈论起宗教来。

"这不是一位普通的神父,"他接着说,"或者说,跟我以前见过的神父都不一样。"

他飞快地讲起来。探监时,时间总是飞逝而过,他必须在警卫来之前把故事讲完。她看出,讲这件事对他十分迫切,决定不打断他。

"他眼神中有某种东西,没有谁生来就有那样的眼神。那双眼睛能够超越凡尘。玛丽亚,他能看透灵魂。但他以前并不是神父。

"他是克里特人,在阿诺吉亚附近的什么地方出生。他家和另一家有世仇,为了替哥哥报仇,他去杀仇家的一个人,但并没有杀死,第二天他被捕,判了十年,关进伊拉克里翁的监狱。那座监狱极为残酷,比这里条件还要恶劣。当时监狱里肺结核肆虐,三分之一的犯人因此丧命,他是其中之一。当时肺结核还无药可治,他被宣布死亡。"

"他死了?"玛丽亚难以置信地插了一句。

"没错。他记得他们把一张冰凉的盖布蒙在他脸上,还记得闻到一股类似百合花的香气。他被装进棺材,还亲手摸过棺材的内壁。当他从黑暗中走出来时,突然感到一道非常明亮的光,一种神圣的感觉。在他们还没来得及钉上棺材盖之时,他挣扎着坐了起来。"

玛丽亚听呆了,她从来没听说过如此匪夷所思的事。

"玛丽亚,发生这种事情,只有一个原因,那就是神,神想拯救他。而他也只有一种方式报答神。他一出狱便进了一座修道院，要把自己的一生奉献给神。最后，他获得批准，成为一名神父。"

"这么说，他就像是死而复生了？"玛丽亚说，她不知道该作何感想。

"他复活了，"安德烈亚斯毫不犹豫地答道，"你要是见到他，就不会有任何怀疑了。他就像基督一样，跟你我不同。"

玛丽亚皱起眉头。安德烈亚斯还没说完。

"这个……由不得你不信，"说着，他把《圣经》举过头顶，"假如有朝一日能够重获自由，我就再去探访这位神父。"

"你是说，他那次看过你之后，你就再没见过他？"玛丽亚有点震惊。

"玛丽亚，他只来过一天，但就那一天却改变了我的人生，我不再心存恐惧。从前眼见着阳光在墙的一角消逝，我便暗自落泪。一想到我悲惨的人生又逝去了一日，便痛苦难忍。可现如今，望着墙上的一抹落日余晖，我感觉到的是阵阵欣喜，因为每过去一天，我离天主便又近了一天。"

插销正在拉开。玛丽亚站起身。她感到迷惑。安德烈亚斯说话的口吻不像四十多岁的男人，倒像是八旬老翁，这让她心神不宁，又觉得难以理解。

玛丽亚向他保证，下次不会隔这么长时间才来看他，之后便很快被送到监狱大门口。

回家路上，她有很多时间可以思考。她自己也经常去教堂，听神父诵经，知道那会让她内心安宁，她听神父诵读福音书的段落,也相信那些内容。她会追随圣像游行队伍,并在两天后向每个人祝贺:"基督复活了"。当她说"他真的复活了"时,是发自真心的。她相信,在很多很多年以前,在耶路撒冷,的确曾有一个人战胜死亡。但要说这样的事在伊拉克里翁的监狱里再次发生,她却不信。

探视安德烈亚斯的那位神父,真的是神父吗?还是说是个骗子呢?有没有可能只是安德烈亚斯凭空臆想出来的?可话又说回来,假如安德烈亚斯从中找到安慰,那是真是假又有什么关系呢?

她对克里提斯说起安德烈亚斯新获得的信仰,不出她所料,他的反应是有点怀疑。

"要是他以为神会亲自为他减刑,恐怕会大失所望的。"他说。

几个月后,玛丽亚想办法又去看了安德烈亚斯一次。那位监狱官早已做好准备,等着威胁她。这次他命她把包里的东西都倒在他桌上。他仔细检查每件物品:钥匙、钱包、购物清单、口红、一把梳子。这些东西对这里的囚犯都毫无用处,但他还是拿走了梳子。他向她直贴过来,她都能闻出他前一晚吃了什么,所幸他并没碰到她。

她满心厌恶,跟着警卫来到安德烈亚斯的牢房。进门时,他正跪着祈祷。他继续祈祷了几分钟,仿佛根本没意识到她在房间里。

终于,他睁开眼睛,站起身来。只需一眼,就能明显看得出,与上次她来的时候相比,他对宗教的信仰愈发执迷了。他那奇异的眼神,仿佛看到了她看不到的异象,这让她联想到因目睹圣婴而迷醉的牧羊人形象。

如今的安德烈亚斯就像他描述的那位神父一样，双眼闪闪发光，仿佛他也拥有了看穿红尘的穿透力。

安德烈亚斯对她说，他已经把《圣经》通读了一遍，现在想谈谈其中某些段落。她做出专心聆听的表情，主要还是不想伤害他的感情。但是破天荒头一次，听到走廊里警卫的脚步声和插销拉开的声音时，她感到一阵喜悦。

第十八章

如今,马诺利在修船厂带领着自己的团队。上午他和扬尼斯在办公室一起工作,下午就到各自的团队和工人一起干活。马诺利的过人之处在于,他招来的工人都对他忠心耿耿。他发现只要大家团结一心,同样的工作只用一半时间就可以完成,而奖金激励则保证工作效率更高。他们预定下的修理工作足以让他们忙到明年年底。

"总有一天,我们能自己买艘船。"扬尼斯开玩笑说。

"我想我还是一直给别人修船好了。"马诺利说。

马诺利十分享受让旧船焕然一新的过程。还有什么比让一艘破船重现昔日辉煌更能让人获得满足感呢?他偶尔会想,要是自己的人生也能这样翻新,那该多好啊!

如今斯塔夫罗斯只在修船厂上半天班。下午的时间,他负责寄宿旅馆的所有维修工作——修理卫生间,给所有房间挨个刷新漆。旅馆房间一直客满，所有房客按时交房租，他和阿加西的收入不但能让他们过得舒舒服服，还绰绰有余。

自从举行"婚礼"那天起，这对爱侣的幸福就未尝褪过色。马诺利还从没见过有哪两个人比这一对在一起时更心满意足的。

一天早上，马诺利和斯塔夫罗斯一起步行去上班，斯塔夫罗斯突然抓住他的胳膊。

"看，马诺利！快看！"斯塔夫罗斯浑身僵硬，嘴唇发白。

此时他们路过轮渡码头，旅客正在下船，络绎涌上他们面前的人行道。

"是她！"他低声说，"天哪！我的天哪！我敢肯定就是她！"

马诺利在人群中搜寻那个他认识的女人。上次遭遇斯塔夫罗斯的妻子已是多年前的事了，而且看背影也很难辨认，可斯塔夫罗斯却一口咬定。

"穿绿外套的那个！看！"

斯塔夫罗斯往后退缩着。马诺利看到他说的那人了。假如此时她一回头，准会看到他们。她和他记忆中一样，顶着一头亮闪闪的金发，可除此之外，他其实什么也没看到。

斯塔夫罗斯扯住马诺利往回走，过了马路走进一家咖啡馆。马诺利点了两杯咖啡，他们坐了十分钟，等斯塔夫罗斯镇定下来。

"我知道就是她，"他颤抖着说，"我知道。"

马诺利无法让他相信他看错了。

"我也承认有可能，斯塔夫罗斯，可就算真是她，她也不知道你住在哪儿。她上次走的时候，我就明确告诉她，她找错地方了。她甚至不知道你现在叫什么名字。所以，她再次找到你的可能性——"

"不小！马诺利。她找到过我一次，就能再找到的。"

"可她的枪还在我抽屉里呢。"马诺利想逗朋友开心点。

斯塔夫罗斯说什么都不相信自己和阿加西没有危险。接下来的几周，他夜不成寐。他联系自己的父母，询问他妻子还在不在塞萨洛尼基。令他惊恐的是，他们证实她几周前就离开父母的公寓，可她父母不肯说她去哪儿了。

阿加西不断安慰斯塔夫罗斯，想让他放宽心，很多时候她都是当着马诺利的面劝他，可惜都是徒劳。

"我会照顾你的，我亲爱的。"她安慰他，"什么都不能把我们分开。"

"可你不了解她！"斯塔夫罗斯叫道，"她那天晚上来，你都没跟她打过照面。"

的确，阿加西完全不了解那女人能做出什么样的事来，只有马诺利多少有点儿概念。

恐惧让斯塔夫罗斯变了一个人。他不再是阿加西使他成为的那个轻松惬意、心满意足的男人。相反，他总是紧张兮兮，经常回头看有没有人跟踪他。天黑后他就不再出门，眼睛也因睡眠不足而凹陷下去。

大约一年后的一天傍晚，马诺利下班回来，捡起门厅地板上的一堆信，随手翻了翻。他有段时间没有安东尼斯的消息了，一直在盼他的信。他喜欢读这位朋友的信，而且安东尼斯也该写信敲定他下次来的时间了。

但没有一封信是给他的。有几封是寄给别的长租客的，还有一封是阿加西的。她的那封是航空信，贴着好几枚印着异国花卉的色彩鲜艳的邮票。信是从澳大利亚寄来的。

他把那封信塞到阿加西的门下，其他几封放在门厅桌子上。

那天晚上，艾丽和丈夫菲利波斯与阿加西、斯塔夫罗斯和马诺利共进晚餐。这对年轻夫妇要宣布一个重要的消息：艾丽怀孕了！

那天气氛非常愉快，大家为那位脸庞羞红的姑娘和她未出生的宝宝举杯庆贺。斯塔夫罗斯自打在轮渡码头见到那个女人，就一直有些闷闷不乐。

那个贴着艳丽邮票的浅蓝色信封靠在餐桌中央的花瓶上。马诺利很好奇，这封信何以在晚餐时占据如此显赫的位置？他的好奇很快得到了满足。

"我收到一封很棒的信！"阿加西把那封信举过头顶，高兴地说，"我在墨尔本的远房表哥给我写信啦！"

"是帕夫罗思表叔吗？"艾丽问。

"是的，我的宝贝。"阿加西答道，"你还记得他吗？他走的时候你还小呢！"

"姑姑，那不过是十年前的事。"艾丽说。

阿加西十分兴奋，要把大家的注意力再拉回来。

"是这样的，"她对屋里的几个男人说，"我有很多表亲，有几个去了美国，但帕夫罗思通过援助通行计划[1]去了澳大利亚。说实话，我还以为他从此就杳无音信了呢。那时候这里情况不太好，可即便如此，搬到地球另一边好像还是有点莽撞。"

"那他觉得那边怎么样？"马诺利问。

"天堂！"阿加西喜笑颜开地说，"简直是人间天堂！"

她环顾一圈观众的脸。

"过去这么多年，我们没有收到过一点儿音信，然后……"

"姑姑！快点说嘛！"

"听着，我读给你们听听。"

阿加西女士深吸了一口气，胸脯在她那件大胆的低领罩衫下涌起。一切，即便只是读封信，都是演出。马诺利就喜欢她这股劲儿。

"'如今我在墨尔本拥有三家餐馆和两家咖啡馆，计划明年再开两家。这些店走的完全是传统路线，一周七天，天天爆满。我的顾客都是希腊人。每到周五周六晚上，每家餐馆都有乐手歌手演出。'但真正重要的是下面这部分。"

无声的鼓声响起，马诺利往前欠着身子，他是她最热心的

---

[1] 援助通行计划，指 1946 年 3 月澳大利亚与英国政府达成的 Free and Assisted Passage Schemes（"免费和援助通行计划"），是澳大利亚为解决技术人口不足而发起的政府资助吸收移民的政策，最初主要面向英国移民，后来逐渐扩展到其他欧洲国家和英联邦国家的移民。

听众。

"'现在我要开一家布祖基亚,这将会是墨尔本最大的一家。这是我迄今为止最雄心勃勃的项目,但我想一定会成功的。'"

"这一切真让人兴奋!"马诺利说。

"马诺利,我还没说完哪!"阿加西挥挥手,假装生气他打断了自己的话。"'我想让你,阿加西,来这里唱歌!我希望你能来参加开业庆典。如果你同意的话,我会给你寄路费。你会看到生活有多么美好。澳大利亚就像希腊,只是没有希腊的那些缺点。这里气候温暖,阳光明媚,你甚至都不用说英语!我们这里整个社区都是希腊人,而且大多数人一句英语都不会。'"

读完信,她抬头看着周围人的脸,观察他们的反应。出乎她意料的是,艾丽第一个开了口。

"喂,姑姑,我觉得你应该去。"她果断地说,"要是表叔出路费,就更该去啦!"

马诺利瞟一眼斯塔夫罗斯,好多天来第一次看到他露出笑容。很明显,他对信的内容已经了如指掌。

"斯塔夫罗斯,你怎么想?"艾丽问。

马诺利观察着朋友的表情。

"我觉得我们应该去。"他说。

"说不定你也能获得政府资助的移民资格,对吧?"菲利波斯说。

马诺利太了解斯塔夫罗斯,知道他在想什么。去澳大利亚开始新生活不仅是令人兴奋的机会,而且远走高飞,到世界另一端,他就不用担心被他老婆找到了。

艾丽脸上开始显出倦色,她和菲利波斯准备走了。

"姑姑,谢谢你的晚餐。"她说。

"我的宝贝,也谢谢你告诉我有宝宝的好消息。"

"我真觉得你应该去。"她轻声对姑姑说,"要知道,你不用为我担心。"

"是……可是宝宝呢!你自己能行吗?"

"当然可以啦。"她温柔地说,抬头看了眼丈夫,"我现在有菲利波斯了。"

"谁知道呢?"菲利波斯接了一句,"说不定哪天我们也去找你们呢。我敢肯定那边儿也有甜品市场。"

"哦,这次只是邀请我去演出……"阿加西争辩道。

"姑姑,你清楚这不只是演出邀请。"艾丽说着,摸了摸姑姑的手。

大家都明白她说的没错。他俩一去,很可能就不回来了。

艾丽和菲利波斯走后,斯塔夫罗斯给每个人倒了一杯酒。

"再坐会儿,马诺利。"他说。

他们围坐在杯盘狼藉的餐桌旁。斯塔夫罗斯不同以往,急切地想说话。

"我真觉得咱们应该去。"他说,"阿加西,想象一下,到那边,我们就不用再靠出租房子过活了。现今这里没有淘金热了,但到那边还有别的发财门路。还有新的生活……"

阿加西深情地看着他,想到能摆脱被他老婆打上门来的威胁,她也很高兴。

"你怎么看,马诺利?"她问。

"听起来是个绝妙的机会,我觉得你们应该抓住。"

很多时候,做出一个改变一生的决定倒比拿一个微不足道的主意更容易。阿加西斟酌她表哥邀请的时间还不如敲定那天晚餐吃什么甜点用的时间长。在他们睡觉之前,她就拿定了主意。

那天夜里,马诺利辗转难眠,一种深不可测的悲伤淹没了他。他无法想象,没有了这两个早已亲如家人的挚友,他的生活将会是什么样子。

天刚蒙蒙亮,他下了床,拉开窗帘。他想看看日出。直到此刻,他才蓦然醒悟:他昨夜感到的离愁别绪并不是因为他要同好友告别,而是他要同希腊告别。他几乎毫无意识地已经做出决定,他要和他们一起离开希腊。

澳大利亚对他来说也将是新的开始。人人都说那是一片充满机遇的热土,谁见过哪个希腊人去了又回来呢?再说了,一个被军事独裁控制生活的地方,离开了也没什么好遗憾的。几年前,一伙陆军上校夺取政权,虽说马诺利的日常生活并没有受到影响,但大家都知道,政治犯遭到了关押和折磨。他的朋友米哈利斯同许多左派人士一样,为逃避政治迫害,已经移居法国了。

离开希腊,他还有一个更个人的理由:也许,他也会终将获得自由。说到底,不是只有斯塔夫罗斯需要逃避某个人,过去的幽灵也一直在纠缠着马诺利。

随后几天,阿加西忙着安排所有必要事宜。她给表哥发了封电报,钱很快汇入了她的银行账户。帕夫罗思显然很有钱,他汇的钱足够连斯塔夫罗斯的船票一起买了,而且他的秘书也已经查看过所有驶往澳大利亚的客轮时间表,三周后便有一艘船起航。

阿加西开始将她的小摆件仔细打包,把衣服叠好放进箱子里。艾丽和菲利波斯要了她的餐桌和椅子,其余家具就都留下了。

寄宿旅馆的租约很容易就处理好了。政府正在积极鼓励发展旅游业,主街上一家旅馆的老板正寻求扩大规模,急切抓住了这个购置新房产的机会。越来越多的游客和推销员需要在这里过夜,好赶上清晨的渡轮前往别的岛屿,而那座寄宿旅馆占有绝佳的地理位置。

每天,一想到要离开,阿加西就泪眼汪汪,而且日甚一日,想到马诺利,她尤其伤感。马诺利对自己的计划守口如瓶,他想到那一天给阿加西和斯塔夫罗斯来个惊喜。

"你以后去哪儿住呢?"她问他,睫毛湿漉漉的。

"我已经找到地方了,阿加西,"他拥抱着她说,"你不用担心。"

"你能帮我照顾艾丽吗?她要是需要什么,你能帮帮她吗?"

"那还用说,"马诺利安慰她道,"但我觉得菲利波斯很可靠。"

斯塔夫罗斯已在船厂上完最后一天班,而几天前,马诺利也已经告诉工友们,自己也要走了。这消息令扬尼斯颇受打击。一想到要失去自己共事过的最好的人和最忠诚的朋友，他便万分沮丧。

"你要是不如意，可以随时回来。"说着，他转过身，好掩饰自己那不争气的泪水。

那天晚上，他们一起去喝酒，大家都喝得东倒西歪。对于这帮男人来说，唯一的告别方式便是喝酒。工友们保证要去看他，马诺利也发誓会很快回来看他们的。这些话都发自肺腑，才使离别之苦尚可忍受。至于这些诺言能否兑现，就只有时间可以证明了。

马诺利还有几件琐事要处理：去裁缝那里结几笔账，去一两家咖啡馆道个别。然后办理复杂的护照手续。时间过得飞快。他本打算告诉安东尼斯他要走了，但一直没找到写信的机会。他会从墨尔本寄张明信片，给他来个意外的惊喜。

偶尔伤感的时刻，他想起索菲娅。假如他们在街上相遇，也许都认不出对方了。她一天天长大，却很可能完全不知道他的存在。即便他是她父亲的可能性微乎其微，可一想到此，他还是心如刀绞，他必须得摈除这念头。也许他会从墨尔本给玛丽亚和她丈夫写信，甚至明年复活节时寄些钱。他想象大多数十二岁的女孩都会喜欢新鞋子的。

客轮起航的前一天，阿加西到马诺利的房间来看他。再过一周，租客们就得搬出去了。

"我能进来吗？"她问。

她手里拿着件东西，递给他。

"我想,你也许会喜欢这个。"她说,"你还记得吗?我们婚礼上有人拍过照。"

那是他们庆祝她结婚那天拍的,照片上阿加西站在中间,两个男人各立左右。将近十年过去了,他们都没怎么显老。

"太好啦!"他说,"谢谢你,我要把它跟我父母的照片摆在一起。"

"马诺利,谁给你做饭呢?谁帮你洗衬衫呢?"阿加西又伤感起来,眼泪总是说来就来。

"你要是能遇到一个好女人该多好!"她嗔怪道,"那样我就不用这么为你担心了。我就想不明白,你可是比雷埃夫斯最帅的男人啊,这里的姑娘肯定都瞎了眼。"

过去两三年里,马诺利也常跟人不温不火地调调情,晚上也会出去跳跳舞,偶尔也在不同床上过过夜。但也就止步于此了。

"哎呀,阿加西,要是再有一个你就好啦!"他知道她多喜欢被人奉承。

她脸红了。

"马诺利,"她说,"你不知道我会多想你。"

他拥抱了她,她转身离去。今天她要把她收藏的那些珍贵的唱片打包。有些唱片是乙烯基的,但大多数都是虫胶的,很脆,所以四百张唱片,每张都得独立包装。

那天晚上,他们五个人在附近一家小餐馆吃了告别晚餐。阿加西的套房现在基本清空了。

他们故作开怀,为未来干杯,但强颜欢笑之下,隐藏着深深的忧伤与失落。

艾丽已经得知马诺利计划的内情，晚宴结束同他道别时，她紧紧拥抱了他，差点就让他给阿加西酝酿的惊喜泡汤。阿加西没有注意到，但斯塔夫罗斯却看得有些发蒙。

在寄宿旅馆度过最后一夜之后，第二天凌晨五点钟，这对夫妇走出房间。他们的行李共八只大箱子，已被航运公司的人取走托运。他们让阿加西放心，那些箱子会搭同一班客轮，六周后到港卸货的时候她就能见着了。斯塔夫罗斯费了不少口舌才让她相信，的确是这么回事。

"我的宝贝，即便出了什么闪失，我们到澳大利亚也可以再给你买衬衫。"他用最让人宽慰的声音说。

"可我那些瓷人儿怎么办？"她激动地问。"有一些，很易碎的！"

"我看到你把它们都包好了，我亲爱的，"他温柔地说。"包了那么多层绵纸，一路上很可能比我们还要舒服呢。"

一些房客早早起床，向这对夫妻道别。马诺利也在其中，他在门厅里等他们，车子停在外面。他说过要送他们去码头的。他自己的包已经放进车子里，里面塞进他所有的物品，而那包，还是他多年前从克里特岛带来的那只大旅行包。

开车到码头只需要十分钟。到了以后，马诺利为阿加西女士拉开车门，把他俩的两个手提箱拎出来，放在地上。最后，他又拿出了自己的旅行包。

"你这是要去哪儿？"阿加西看着他脚边的旅行包，问道，"搬走之前,你还可以在旅馆住一周呢。"

"我这不正规划自己的人生嘛。"马诺利说着,拥抱了她。

直到此时,看到他眼中狡黠的一闪,她才终于明白——这才是她那么了解又那么喜爱的男人啊!

她搂着他尖叫起来。

"马诺利!"

她泪流满面,旁边还有其他人正和亲人做最后的道别,以为她也正与深爱的人分离呢。

"马诺利!马诺利!我简直不敢相信!我真的不敢相信!"她又开心又难以置信,又忍不住哭起来。

斯塔夫罗斯笑着摇摇头。

雾笛长鸣,预示着十五分钟后客轮就要拔锚起航,就要离开希腊的土地了。

马诺利看见朋友塔索斯走过来,便从阿加西怀抱中挣脱出来。

"马——马——马诺利!"塔索斯气喘吁吁,"对——对不起,让你久等了!公——公——公交车晚点了。"

"别担心,"马诺利说,"你以后就不用再坐公交车了。"说着,他把车钥匙递给朋友。

塔索斯接过钥匙,摸不着头脑。

"可——可——可是……"

"送给你了,我的朋友。好好享受吧。"

塔索斯一激动就更说不出话来了。马诺利并没有告诉他为什么非让他来，而塔索斯这辈子也从没收到过这样贵重的礼物，一辆翠绿色的阿尔法·罗密欧，铮明瓦亮，闪闪发光，那是每个男人的梦想。

"听着，我们该走了，"马诺利说，"等到了我会给你写信的。好好保重……它可是速度惊人啊！"

他转身离去，阿加西和斯塔夫罗斯还在岸边等他呢。他们仨是最后登船的旅客，还有检票、查护照这类手续要走。他们可以看到，头顶上客舱中的旅客正挥舞着手帕，向下面的家人和朋友呼喊。

马诺利仰头看着这艘客轮。他在船上干了这么些年，自己却很多年没有真正坐船去过什么地方，这感觉十分异样。他拎起包，走上跳板，手心竟然出汗了。跳板是一座桥梁，将他从一种生活引向另一种生活。

固定船的粗大缆绳正在松开，船锚正在升起，客轮缓缓驶离港口。

三个人很快找到他们的船舱，把随身带的行李寄放好，然后登上甲板。他们在栏杆旁找到一块能站下的地方。

阿加西执意不让艾丽和菲利波斯来送行，所以他们没有向任何人挥手。船一掉过头，他们就可以从船尾甲板上清楚地看到比雷埃夫斯市。他们凝视着这座城市，清楚这是最后一次看到它了。

阿加西擦着眼睛。透过迷蒙的泪水，她几乎什么也看不见。斯塔夫罗斯伸过一条胳膊揽住她，安慰她。

客轮缓慢而平稳地向南行驶，马诺利无法将目光从眼前的景色上收回。城市渐渐越来越小，最后变成陆地上的一枚小颗粒。一切坚实之物——陆地，岛屿，故土——都渐渐从视野中消失。那条平直的地平线不再有任何东西遮挡。

刹那间，一阵怀乡之痛猛然袭来，那疼痛是那么深切，那么强烈，令他几乎晕厥。此时风越来越大，多数人，包括阿加西和斯塔夫罗斯，都已经进入船舱。马诺利独自一人，双手紧握栏杆，在甲板上站了整整一个小时。汪洋的中心，是何其孤寂的所在啊。

他回忆起上一次凝视海浪的情景。那是安娜死后的那一天，他的心依然滴着血，记忆中她的触摸依然温暖。那一天，他裤兜中装着她的那只耳环。过去这么多年，他一直珍藏着它。此刻，他将手伸进夹克兜里，摩挲着它。

那只耳环在他手心中熠熠闪着光，他看了它最后一眼，想象它挂在她耳垂上的样子，想象她的笑容。然后，他松开手。坠落的过程很长很长，宝石与大海是同一种颜色，他甚至没有看到它触到海面。终于，他把安娜留在了身后。

第十九章

　　不久，在圣尼古劳斯，索菲娅平生第一次体会到深切的悲伤。大胡子姥爷胸腔感染后没有完全恢复，他搬来与女儿女婿同住，已经一年有余。1969 年秋天，老人在床上安然去世。

　　当初亚历山德罗斯·范多拉基斯去世的时候，索菲娅还小，无法完全体会失去至亲的痛苦，但这一次，她悲痛至极。玛丽亚发现女儿的悲伤几乎比自己的痛苦还难以应对。有好几周时间，索菲娅每天都哭到睡着。姥爷的去世仿佛是一道分水岭，索菲娅眼中失去了孩童的光彩与纯真，由此进入了青春时期。

　　在家照顾父亲的整个过程中，玛丽亚都没去探过监，担心会把传染病带回家。

　　葬礼过后，又过了四十天服丧期，玛丽亚首先想到的就是去探望安德烈亚斯。那段时间她常想起他，只是连写信的时间都挤不出来。她觉得自己太怠慢他了。

"光在心里想着一个人是不够的，"她对克里提斯说，"你得向他表明你想着他。"克里提斯一直期盼，也许以后她就不会去探监了。

玛丽亚走进囚室时，发现安德烈亚斯躺在床上，一动不动。他睡着了？他生病了？

"安德烈亚斯？我是玛丽亚……"

她发现他的眼睛睁着。

"玛丽亚？啊，玛丽亚，"床上那个骨瘦如柴的身形发出微弱的声音。他挣扎着坐起，艰难地将后背勉强倚靠到身后的墙上。

玛丽亚发现安德烈亚斯发生了惊人的变化。她印象中那个面带微笑、因信仰而转变的人，如今已不复存在。那件囚服之内装着的，只剩下一副骨头架子，而且一下子衰老了十岁。

他似乎想着心事，没有问她一个问题，甚至都没问起索菲娅。他唯一感兴趣的，是自己的精神状态。

他声音细若游丝，玛丽亚只能俯耳过去才听得见。

"我一直在斋戒，"他说，"这样我会离主更近些。"

"我有时候也会斋戒几天。"玛丽亚答道。在圣周[1]期间，她经常会尽量遵守斋戒规定，只是发现没办法坚持整整五天，尤其是在医院上班的时候。既要照顾病人，还把自己饿得浑身没劲儿，总归是不切实际的。

1　圣周（Holy Week），是纪念耶稣基督受难前后事迹的节期，按希腊正教教历和天主教教历，时间从纪念耶稣荣进耶路撒冷的棕枝主日（Palm Sunday）至纪念耶稣死后第三日复活的复活节（Easter）。

"不只是几天,玛丽亚。从去年开始,我一次斋戒几个月。你知道,我们的主曾在荒野禁食四十昼夜,粒米未进。"

"是的,安德烈亚斯,所以我们才有大斋期[1],不是吗?"

"哦,我四十天水米未进。我离主很近了,玛丽亚。主和我同在,就在我身边,在我心里。"

玛丽亚在信仰观念和对人体的知识之间撕扯。她不想怀疑他的虔诚,可还是禁不住联想到因不吃不喝而导致的精神错乱状态。

"你认主吗,玛丽亚?主有没有向你现过身?主有没有坐在你身旁过?你有没有感受过那种温暖、那种光明?"他边说话边疯狂地比画着。那双手连在他那瘦若枯骨的双臂末端,看起来大到反常。

他直率的追问让玛丽亚有点儿不舒服。他是在挑战玛丽亚自己极其私人的信仰和精神。

是的,她知道上帝带来的平和。是的,她理解信仰带来的力量。在斯皮纳龙格岛的漫长岁月中,她看到许多病人表现出的坚韧和希望,还有早已幻灭的对治愈的渴望。她护理过数十名临终病人,看到他们因相信死亡并非终结而是开始而获得精神支撑。即便行将离世,有些人还遭受着极大的痛苦,他们也绝不怀疑上帝就在他们身边。

她点点头,避免回答安德烈亚斯的问题。他继续说了下去。

---

[1] 大斋期(Lent),也译为四旬斋,是基督教复活节的预备期,由大斋首日(圣灰星期三)开始至复活节前日止,共四十天,以纪念耶稣公开传教之前在旷野禁食四十日,抵挡魔鬼的试探。

"过了那四十天,我就不想吃东西了,我想留在主身边。我看到主周身神光熠熠,被天使环绕着。玛丽亚,我有幸一窥天堂。"

玛丽亚只是听着,什么都不用做,这样的狂热好像也无需回应。

"我现在每时每刻,都与主越来越近。我每天还吃一点点面包,喝一点点水,但仅此而已。"

玛丽亚看着他。他显然病了,甚至快死了。她想说点儿什么,可话都到嘴边便干涸了。

坐在她面前的,是一个正在实施慢性自杀的男人。

他语气陡然一变,仿佛有了某种新的体能来源。

"我正在走近主,玛丽亚。我是说,我正在靠近主,将永远与主同在。主在召唤我,玛丽亚,我知道主在召唤我!"

安德烈亚斯的声音透出一种狂躁的兴奋,玛丽亚突然感到恐惧——她和他关在一起,警卫来之前她是出不去的。

"但是我们之间挡着什么东西!有什么东西挡道了!我和上帝之间有某种障碍,玛丽亚!我感觉主的荆冠好像就戴在我自己头上!我感觉到那些钉子就钉在我手上!还有脚上!但是有什么东西横挡在我和主之间……"

玛丽亚警惕地看着他。食物剥夺的一个常见后果就是出现幻觉。此时他越来越焦躁激动。假如他攻击她,她倒是很容易自卫,这于她也算得上小小的安慰吧。他现在的体重肯定也就是她的一半,仿佛一掰便会折为两截。

"我知道是什么东西让我不能靠近主!"他喊着,"有一个真相必须得说出来，玛丽亚。有一个真相，我必须说出来！"

"真相？"她镇定地问，"你能告诉我是什么吗？"

"不行！"他语带愠怒，"只有一个人必须知道这个真相。这真相是属于某个人的。这是他的真相，玛丽亚。他必须知道。他……必须……知道……真相！"

现在他简直是在咆哮。玛丽亚紧张地瞟一眼门口，恨不得它立即打开。

"我需要给他写信，玛丽亚。我需要纸，给我纸，你有纸吗，玛丽亚？快点，我得有纸。"

玛丽亚脉搏跳得飞快。她一把抓起放在地板上的包，在里面疯狂地翻找。她知道自己没有一张纸，她没有随身带纸的习惯。她从黑暗的包底掏出一支铅笔，看得出安德烈亚斯越来越焦躁。

"不只铅笔！纸！我得有纸！纸，玛丽亚！纸！"

玛丽亚慌乱无措，都快急哭了。在提包的侧袋里，她摸到了什么，窸窣有声。她把它扯出来，几乎欣慰地哭出来。那是一张随手写在作业纸上的购物清单，背面是空白的。

安德烈亚斯几乎一把从她手里抢过去。他抓起放在身边床上的《圣经》，垫在那张纸下面。

玛丽亚把铅笔递给他，他开始疯狂地奋笔疾书，如同着魔似的。她看不清他在写什么，但他写满了整张纸的反面，签上名字，折了两折，递给她。

"劳驾，"他说，好像在跟他的秘书说话，"请帮我把这封信交给马诺利·范多拉基斯。"

"可我……"她想说,自己不知道马诺利到底在哪里,但安德烈亚斯没听她说话。

"这是密信,绝密。只有马诺利可以读。其他人,绝对不能读!"

他的话简短生硬,近乎无礼,但这次探视中已经没有什么能让玛丽亚惊讶的了。她只想赶紧离开。

"你能向我保证吗?"

突然间,外面响起警卫的脚步声。

"玛丽亚?你能保证吗?其他人,绝对不行!"

"我保证。"说着,她灵敏地从安德烈亚斯手中拿走了信。

门打开的一瞬,她正拉上提包的拉链。

她从来没有这样如释重负地离开过监狱。走出令人生畏的高墙和那扇沉重的大门后,她巴不得赶紧离开,于是拔腿沿公路跑了起来,差一点摔倒。

安德烈亚斯的宗教狂热状态让她震惊。她以前从未遇到过这样的情况。她读到过离群索居、整日冥想的僧侣的故事,读到过那些五体投地、用双手双膝爬行数公里到达圣地的人,也读到过那些去高山之巅寻求孤独的人。可他们依然与大地、与生活相连接。而安德烈亚斯似乎离这两者都很遥远了。

回到家时,克里提斯正和索菲娅坐在餐桌前一起对付她的数学题。

探监的事,他俩从没当着索菲娅的面提起过。克里提斯看一眼玛丽亚的脸色,就发现有什么不对劲,他随后也跟进卧室。玛丽亚正在挂外套。

他关切地问:"出什么事了?"

"他疯了,"她只说,"他快死了。"

她跌坐在床尾,这次探监让她心力交瘁。

"我的确不知道该怎么对你说,"她补充道,"他发疯了。"

"我真的很遗憾,玛丽亚,"克里提斯说着,吻了吻妻子的头顶,"你看起来真的很难过。"

"我一会儿就好了,"玛丽亚让他放心,"你还是接着做数学题去吧!"

她闭上眼睛坐了一会儿。

她该怎么办呢?这是她平生面临过的最大困境,而且还必须独自面对。她瞥了眼身边那只棕色的肩包。那是五年前克里提斯送给她的生日礼物,从那以后她就天天背着。年深日久,皮子已变得柔软熨帖,手感很好,磨损的肩带也已修补过好几次。无论她去哪儿,这只包都不离左右。而此时,它却仿佛是一颗尚未引爆的炸弹。

马诺利·范多拉基斯。听安德烈亚斯说出这个名字时,她心中一震。

在她的包里,放着一封信。她要是想读的话,没有什么能拦着她,也没有一个严严实实的信封,需要用蒸汽熏开,或者撕开。只是折了两折。一、二,她就能知道上面写的是什么了。

信不是写给她的。但她知道,信的内容与她有关。因此她就有权利读它吗?她与这个问题搏斗着。

她听到楼下克里提斯和索菲娅的声音。

"太棒了，我亲爱的！太棒了！"他说。

索菲娅数学学得很吃力，克里提斯每天花几个小时耐心帮她理解。女儿开心拍手的声音透过地板传上来。显然，他们有所突破。

玛丽亚在包里摸了摸，信还在里面。

她把信拿出来。趁还能抵挡住诱惑，她应该找个信封把它放进去，然后封起来。这是她的义务。不是因为她欠安德烈亚斯·范多拉基斯什么，而是因为这是她的道德责任。她受托充当邮递员，而且是受一个垂死之人的委托。

她手里拿着信跑下楼，把客厅墙角的小写字台翻了个遍。一阵恐慌袭上心头——信纸很多，可信封已经用完了。

"克里提斯，"她说着，匆匆走进厨房，"我需要一个信封！"

"妈妈，求你了，"索菲娅抱怨道，"先让爸爸帮我做完这个题，好吗？"

"我肯定有一个，亲爱的，但是稍等片刻。"

他俩都不认为一个信封会比解决那个代数方程来得更紧迫。

玛丽亚退回到客厅。她汗出如浆，那张折起来的纸几乎粘在她手上。她感觉那封信快要把她的手掌烧穿了。

又过了一会儿，由于内心不停地交战，她感到一阵恶心。只消掀开纸的一角——难道那样做不对吗？难道她没有权利从杀害姐姐的凶手那里了解到某种真相吗？他有权对她隐瞒任何东西吗？他到底给马诺利写了什么？

她能听到，另一个房间内，父女俩还沉浸在数学题中。如果克里提斯能在此刻走进来，递给她一个信封，这一刻就会过去。她心中的恐慌越涨越高。

她双手抖着，展开那张纸，飞速瞟一眼上面的清单：面粉、鸡蛋、糖、咖啡、奶酪、肥皂……把它翻过来，易如反掌。她甚至举起来对着光，这样就能看到背面透过来的潦草字迹。那笔迹似乎比她丈夫开的处方还要潦草。

玛丽亚在斯皮纳龙格岛上时，关于马诺利和她姐姐的流言使她忧心忡忡，但她总是告诉自己，安德烈亚斯肯定是索菲娅的父亲，因为她根本不想相信另一种可能性。她确信，在她那张平淡无奇的家庭用品清单的背面，隐藏着一个至关重要的真相，而她内心正在为此激烈交战。

阻止她的，只是一个承诺，仅此而已。她曾保证，这封信会送到一个特定的人手中，其他任何人都不准看。这样的誓言是牢不可破的。于是，她的决心坚定起来。

她重新把信折好，藏在她的写字台抽屉里。

必须尽快把它脱手，必须找到办法交给马诺利。

她又翻箱倒柜地找起来，最后终于在一个抽屉的最里面找到一个厚重的棕色信封。她把安德烈亚斯的信塞进去，封好口，又在封口处贴了一条胶带。信封外面什么也没写。她把信封放进包里，什么都没对克里提斯说。她知道克里提斯从不翻检她的包。

她知道唯一与马诺利有点联系的人是安东尼斯，于是一周后他们去布拉卡的饭馆吃午饭时，她把佛提妮拉到一边。

"我能请你帮个天大的忙吗？"她问，"你觉得你哥会帮我给马诺利寄个东西吗？"

佛提妮表情十分惊讶。

"马诺利？！你到底想给那个无赖寄什么？"她问道。

"就一封信……"

"你给他写信？玛丽亚，究竟为什么要给他写信？"

"没什么大事。但我确实想让他收到这封信。"

佛提妮看得出自己的朋友在遮遮掩掩。

"嗯——我想我可以从安东尼斯那里要到地址，那样你可以自己寄。"

"我不太想那样，"玛丽亚承认，"你觉得你哥真能帮我寄吗？"

"好吧，我的朋友。你神秘兮兮的，但是行，给我吧。我下周要去看他们，到时候我会问他的。"

安东尼斯非常乐意帮妹妹的朋友这个忙。

他已经有段时间没跟马诺利联系了，于是他自己写了一封信，照例简短而字迹难辨，简单讲了讲他生意的进展，一些新上市的汽车的名称，并且提出两个下次可能去比雷埃夫斯的日期。他把玛丽亚的信跟他的信一起装进信封，放在桌子上，准备寄出去。

第二十章

安东尼斯还没来得及去邮局,玛丽亚和克里提斯却先收到一封信,是监狱长寄来的。

安德烈亚斯·范多拉基斯死了。那封信通知他们下葬的时间,但信到他们手上时,事已经办好了。

克里提斯先看过信,再递给玛丽亚。

玛丽亚既不感到惊讶,也不特别难过。她亲眼看见过那种令安德烈亚斯渴慕死亡的宗教信仰的力量。现在他如愿以偿了。

她留意到丈夫脸上如释重负的表情。克里提斯一直毫无根据地担心索菲娅会被范多拉基斯家族夺走,如今安德烈亚斯一死,他便可以高枕无忧了。之前玛丽亚一句无心之语就常让心爱的丈夫脸上失去平静。再过几年,他们就得考虑该怎么给索菲娅说了,只有到那时她才会告诉克里提斯,马诺利有可能是孩子的父亲。如今杀害姐姐的男人已经平静死去,暂时而言,这就够了。她很欣慰自己促成了这一点。

她决定去安德烈亚斯的坟上看看，并没有和克里提斯商量。

她去的那天是二月初，太阳无力冲破低低的云层。墓园入口有个卖花的小摊，她从那些胡乱扎起来的花束中挑了一束样子最齐整的买下，走进墓园大门。所有在奈阿波利监狱服无期徒刑期间死去的囚犯，只要家属不另做要求——几乎没有家属提要求——都被埋在城后山坡上那片庞大公墓的一角。在这块昏暗的、无人问津的区域，长着齐腰深的荒草，没有精心照料的坟墓，没有刻着爱意绵绵词句的墓碑。这里没有逝者的照片，更没有悲伤的亲人为死者燃起长明灯。这是一个荒凉的所在，在这灰暗的天气里尤显凄凉。

玛丽亚很快找到地方。名字刻在一个木头十字架上，坟墓窄长，她不由记起上次探监时，安德烈亚斯瘦如骷髅，让人心酸。这一块墓地少有人拜谒，不远处有两个守墓人在掘冻得梆硬的土地，好奇地看向她。

她在身上画了几个十字，在坟前肃立几分钟后，放下鲜花。

"安息吧，安德烈亚斯。"她低声说。

她又默默注视了片刻，在身上画了个十字，转身离去。她知道自己再也不会回来了。

回到家，索菲娅刚好放学回来。她们聊起那天班里发生的事，玛丽亚开始做晚饭。

"我的朋友德斯皮娜交了个男朋友！"索菲娅透露。

"男朋友？可她才十三岁呀！"玛丽亚惊诧道，她一直担心索菲娅要开始对男孩感兴趣了,她长得比大多数女同学都高,模样也比十四岁的实际年龄要成熟。

"他还有个朋友……"索菲娅支吾道。

"索菲娅,你俩都太小,还不到跟男孩交往的年龄。所以,不管你要问什么,答案都是,不行!"

索菲娅气呼呼冲出房间。玛丽亚听到楼上一扇门砰地关上。

她尽量不让自己朝那方向想,可索菲娅总让她想到安娜在这个年纪时的样子。她姐姐不只成年后叛逆不羁,小时候就不服管。

克里提斯回家后,玛丽亚悄悄跟他谈起索菲娅的朋友及其男友的事。

"你能趁吃饭时候跟她谈几句吗?"她问,"她比较听你的话。"

那天晚上,克里提斯非常巧妙地把话题引到德斯皮娜身上,最后他答应,允许索菲娅在那周星期五放学后与德斯皮娜跟同年级的两个男生一起去吃冰激凌。

"我五点钟就回来,爸爸。"她答应,然后在他脸颊上飞快地亲了一下,上楼睡觉去了。

"瞧她把你哄得团团转。"玛丽亚宠爱地说道。

"为了去趟甜品店也犯不上打一仗,对吧?"克里提斯答道。

玛丽亚点头同意。只是她想,后面还有更大的仗要打呢。

就在那几周时间内,曾经的阿加西旅馆正被改造成一家崭新的酒店。原来的租户前脚一搬走,后脚便有一大批工人搬了进来。他们把旧家具统统搬了出去。有个工人在一只旧五斗柜抽屉里发现一把小手枪，揣进自己口袋里，还有个工人拿走了阿加西那只环绕着一圈小灯的镜子，回家送给了妻子。

他们首先要给旅馆添加更加现代的照明设施，再在每间卧室的一角隔出一个淋浴间。酒店打出房间"有独立卫浴"的广告，立即把周边所有旅馆都比下去了。

先前的租户搬离没多久，日出酒店便开业大吉。营业仅一周，生意就异常火爆。一有客人退房，那位高效且一丝不苟的经理便立刻派清洁工打扫房间，准备迎接下一位客人。酒店很快就以干净整洁和性价比高而获得赞誉。经常有人带着行李箱在门厅里等人腾出空房间。

一天上午，经理正在前台为一位退房的客人结账，还有三位新顾客排队等待办理入住手续。他发现酒店订超了，只剩两个空房间了。两部电话机都在丁零零响，偏偏又有个清洁工从楼上下来，告诉他顶楼所有房间的电灯全烧了。

恰在此时，邮递员手里拿了一沓信，走了进来。

"就放那上面吧。"经理烦躁地吩咐道，随手指了下一张小桌。那桌上堆满了印刷的轮渡时刻表，早已不堪重负。

邮递员照吩咐做了，结果却弄得时刻表散落一地。

通常情况下，经理是个很有耐心的人，但这一件接一件的烦心事终于把他搞得气急败坏——他讨厌混乱。他抓起小桌上的信件，免得把整张桌子压塌，接着大步冲进办公室。

他先给电工打了个电话，又给隔壁的酒店打了个电话。那位订超的客人只好安排到那边去住了。之后，他迅速翻了一遍邮件。

每到周末，他都会尽责地将所有寄给阿加西旅馆的邮件退还给邮递员，邮递员再交还给当地邮局的负责人。这位负责人的职责是寻找那些没有留下转寄地址的人的下落，可他是这一带最懒的公务员之一，才懒得去费心找呢。"他们半数人现在都已经在澳大利亚了！"他笑言道。

邮件大多是账单，经理把它们放在一边。还有几封是要求预订房间的，他打开一一看过。有一封信上面没有写酒店名称，但地址是这里。信封上的名字写得很潦草，但看上去有点像经理自己的名字，马科斯·安德烈亚基斯。也许是预订房间的信吧。他用他那把银制开信刀割开信封，取出里面的东西。

他首先看到的是一个食品清单——面粉、鸡蛋、糖……——有些奇怪。他迷惑地把那张纸翻过来，立刻意识到背面用铅笔潦草写下的话不是写给他的，但第一行就吸引了他的注意力。

亲爱的马诺利：
　　你很可能知道，我因杀妻罪被判终身监禁，现在正在服刑。

前台接待员走进办公室，想请他帮忙处理一起客人的投诉，但经理挥了挥手，让他先出去。

他只说了句，"等会儿再说"，便迫不及待地往下看。

　　我时日无多，很快就要去见我的造物主了。但在主带我

八月，那一夜

离开之前，我必须告诉你，马诺利，我为什么犯下杀人这样的弥天大罪。

我和安娜结婚多年，一直没有孩子。后来，犹如神迹一般，她怀了孕，我们的女儿索菲娅降生了。当然，我一直很想要个儿子，但一年年过去，安娜再也没有怀孕。我悄悄去伊拉克里翁的医院做检查，想搞清楚有没有可能是我的问题。这件事我没有告诉安娜。检查不复杂，几乎当场就拿到了结果。我的精子数量表明，我没有生育能力。也就是说，我不可能是索菲娅的父亲。

也是那一天，我提前回到家，听到你和安娜在我们的婚床上。一天之内，我遭受了屈辱、失落和自尊心的伤害，超出了任何男人所能承受的打击。我忍了一小段时间，但在那个八月的夜晚，我们开车进入布拉卡时，安娜当着我的面说她有多爱你，她羞辱我，嘲笑我，我忍无可忍，开枪打死了她。

如今大限将至，不披露索菲娅生父的实情，我的良心不容我安然离世。

愿上帝与你同在。

你的堂兄
安德烈亚斯

马科斯·安德烈亚基斯又把信从头到尾读了一遍。

这位经理业余时间热衷读侦探小说，喜欢猜测谁是凶手，但这一次，他感觉仿佛一下跳到小说最后一章。现实生活中的罪犯竟然如此坦诚直率，这让他有点蒙。他把信折好，放进衬衫口袋里，好到晚上带回家给妻子看。之后，他走出办公室，到前台处理因超额预订而引发的又一出日常戏码。

经理的妻子对这封信同样感到极为好奇，但也认为他们没办法确保能把它送到正确的收信人手中。她感觉这封信不能随手丢弃，便把它放在食具柜上一个大钟表后面。后来，钟表搬去修理，那封信就滑落到柜子后面，被人遗忘了。

差不多就在阿加西旅馆改头换面的那段时间内，马诺利、阿加西和斯塔夫罗斯已经在环游世界。他们沿途停靠，游览了包括印度和中国在内的几个地方。而此时，他们的船停靠在墨尔本，阿加西的表哥帕夫罗思携妻子前来迎接他们。

他们在冬天离开比雷埃夫斯，到达地球另一面时，发现居然是夏天。对于刚刚踏入这座充满活力的城市的他们来说，这一天十分美好。帕夫罗思开车载他们穿过漂亮气派的街道，一路欣赏着高大的棕榈树和闪闪发光的现代建筑。马诺利他们完全没想到，世上竟有如此富庶而先进的地方。

帕夫罗思有好几套公寓，已预留出一套给阿加西住，附近还有一套，可以让马诺利暂住。

帕夫罗思要免收阿加西前六个月的房租，因为她要成为他的布祖基亚音乐厅的歌星。他还立即把自己新开餐馆里的一份工作给了马诺利。"我看得出你会是最合适的领班。"这几乎是他对这位陌生人说的第一句话。

八月，那一夜

　　没过几天，马诺利就去佐尔巴餐厅上班了。在餐厅工作没有他过去习惯干的重体力活儿那么累。如今，他的魅力与嗓音成为这份工作的关键资本。员工们都喜欢他，他也恢复了自己的克里特口音，顾客们好像也很爱听。他甚至还向一名服务员借了一把里拉琴为他们演奏。想到能把地道的克里特音乐带到这个陌生的新版本的希腊，他不禁莞尔。他已多年没有感受过琴弦在琴弓下强烈的震颤，不由得沉浸在那种兴奋之中。

　　他还下决心学习英语，空闲时间就拿本语法书，跟帕夫罗思的侄女佐伊学习，她是一名语言教师。

　　佐伊只是理论上意识到自己的根在希腊。她父母刚到墨尔本就生下她，她只在图画书里看到过雅典的照片。她一头金发，眼睛却近乎黑色。她总是很开心，性情就像她长大的地方一样阳光明媚。她在悉尼获得学位，之后马上回到墨尔本。现在她二十七八岁，在一所专为希腊人开设的语言学校教书。很多刚下船上岸的人一句英语也不会说，想赶紧学。

　　阿加西并不急着学英语。最初的几周，她把全副心思都扑在安家上。她那些箱子如期到达，心灵手巧的斯塔夫罗斯打了几个架子，好让她把那些小瓷人儿摆出来。令人惊奇的是，除了梦游奇境的爱丽丝稍有损坏，其他几百件小雕像都完好无损。斯塔夫罗斯把爱丽丝的胳膊细致地粘回去，令阿加西刮目相看，说一点儿接缝都看不出来。他还给她打了一个装唱片的陈列柜。没过多久，这套公寓就布置得比他们在比雷埃夫斯的旧住处还要豪华舒适。公寓还有一个宽敞的阳台，于是他们开始热衷种植盆栽植物。

墨尔本气候闷热潮湿,他们计划用异域的爬藤植物和仙人掌打造一片丛林。

马诺利醒着的时间大都在餐厅里度过,所以阿加西和斯塔夫罗斯自告奋勇,帮他布置公寓。斯塔夫罗斯做了橱柜,还新安装了一个厨房,尽管马诺利好像不太可能有时间做饭。马诺利在跟佐伊上第五次课时,学习房子的不同部分和家具的名称,提到马诺利这辈子还从没买过一把椅子。这一发现让佐伊想到,他下一次课应该在商店里上。他们一起挑选了一组三件套,即一个沙发和两把椅子,还有一张餐桌和一张床。接下来那堂课是在一家布料店上的,名义上是去学习颜色和形状,而马诺利也欣然接受佐伊的建议,选了窗帘和床罩。

他费劲地念:"Perrpool。"

"不对,马诺利,是purple[1]!"

"Purble!"他得意地说。

佐伊笑得满面生辉。

他俩总是笑啊笑啊,笑得停不下来。马诺利很少见到这样将美貌、善良和欢快的性情完美集于一身的人。他觉得佐伊又迷人,又让人兴奋,不久之后,俩人便一起钻进他们亲自挑选的被子里。

他们到达墨尔本几个月后,阿加西在布祖基亚开幕式上表演。她纵情高歌,演唱了她最喜爱的曲目,每当一曲唱罢,观众便疯狂欢呼,报以热烈的掌声。那长长的一夜,有音乐,有茨库迪亚,

---

1 英语:紫色。

整个酒馆挤满了热情洋溢的希腊侨民。

斯塔夫罗斯痴痴地凝视着阿加西,与她在比雷埃夫斯初次相遇的一幕仍然历历在目。今夜,他感觉恍如梦中。在与他们初次见面之处隔着千山万水的地方,他聆听心爱的女人歌唱,只为他一个人歌唱。

马诺利到得有点儿迟,他得等餐厅结算完才能离开。落座后,他发现桌上放着一只盒子,盒子提手上贴着一张标签。原来帕夫罗思听说他演奏里拉琴的事,觉得马诺利该有一把属于自己的琴。

他环顾一圈,寻找"头儿"——大家都这样称呼帕夫罗思,但他这会儿正忙着招呼客人。马诺利打开盒子,轻轻拨了下琴弦。弦已经调好了。

阿加西中场休息时,马诺利走上舞台,开始演奏。观众鸦雀无声,为这纯净的克里特之音而痴迷。他一气演奏了多半个小时,之后也开始唱起来。周围是一张张笑脸和一双双泪眼。演奏完毕,他发现帕夫罗思站在舞台旁边。

两个男人拥抱在一起。

马诺利说:"真不知说什么好,我已经很久没收到过这么珍贵的礼物了。"

他仍然一手拿着那把镶嵌精美的里拉琴,一手拿着琴弓。

"佐尔巴的伙计们对我说过你的琴拉得有多棒!"

"哪里……"马诺利谦虚地回应道。

帕夫罗思说:"你要愿意,就把琴挂在餐厅后面墙上吧,这样下次去就可以拉了。"

马诺利激动得无以言表，只能报以微笑。帕夫罗思拍了拍他的后背，转身去招呼其他客人了。

马诺利回到自己的座位时，发现佐伊坐在那里。

"太美妙了！"她说，"我还从没听过这样的演奏，简直太神奇了！"

"谢谢。"他答道。他意识到，对他而言，她的赞美比其他所有人的掌声加起来都要重要。

此刻早已过了午夜时分，连最清醒的人也都醉意醺醺。夜晚更喧嚣的时段即将开始。

现在的必演曲目是流行于二十世纪四五十年代的伟大的雷贝蒂卡金曲。当乐手们奏起哀婉的泽贝吉克曲调时，马诺利与斯塔夫罗斯、阿加西和佐伊共同举杯。

四人异口同声："为我们的健康，干杯！"

此时此刻，这两个男人脑海中都浮现出马诺利上次随着这首曲子慨然起舞的一幕。而今晚，他无需再舞。失落也好，痛苦也罢，终于被他统统抛到了身后。

后记

  2001年夏天,我同家人朋友去克里特岛北海岸度假,那里离圣尼古劳斯不远。
  我们几乎年年都去希腊度假,具体地点往往随机选择。
  那一年我们租了一栋公寓,里面有基本的生活设施,还有一个游泳池,被设计成不怎么实用的克里特岛形状。我们每天通常是上午去海滩,下午参观名胜古迹。到第一周结束时,已经遍览散落在这一地区的所有考古遗址,参观过所有可参观的博物馆,其中一间博物馆展出的几乎全是各种颜色的鸢尾花,还展示历史上如何用鸢尾花来染线染布。这些我都很喜欢,孩子们却兴致不高。这也不奇怪,当时他俩一个十岁,一个八岁,整天缠着我要去海滩上玩。我要在他们那个年纪也会那么想,可即便同情他们,我还是决心要尽好家长的本分——要教育孩子,哪怕放暑假也不放松。对我来说,就在那时候,希腊也绝不只是追求享乐的地方。

在七月份那个非同寻常的下午（我记得那天热得要命），我宣布那天的外出活动项目，引起一片抱怨。我在旅游指南中发现了一个曾被用作麻风病院的小岛。孩子们对此毫无兴趣，但我答应他们可以坐船，吃冰激凌，借此引诱他们随我一起，沿着蜿蜒的道路往伊罗达出发了。

车行四十五分钟左右，终于到达宁静的布拉卡村（那里有一家小咖啡馆，几家小饭馆，但没有商店），要在那里乘船去斯皮纳龙格岛。当时已过下午四点钟，我们刚好赶上去岛上的最后一班船。

我们手里拿着冰激凌上了船。路程很短，一阵宜人的微风吹来，我那天第一次感到酷热稍退。几分钟后，我们便靠近威尼斯堡垒那浑圆厚实的墙壁，下船登岸。

吸引我来这里的，是旅游指南上提到的一个日期：1957年。那一年发现了治疗麻风病的有效方法，于是岛上居民全部撤离。对我而言，这一事件几乎算不上历史，因为只比我出生早了两年。正是因此，我才产生了特殊兴趣。

同大多数人一样，我对麻风病所知甚少，而知道的那一点点也并不准确。起初，我以为麻风病和瘟疫一样具有传染性，会在几天内导致感染者面目全非。我还以为这是《圣经》时代的疾病，早已消失几千年了。直到我们靠近那座岛时，我才意识到这些认知都是错误的。我的旅伴中有位皮肤科医生，他当即告诉我一些重要事实：麻风病是一种皮肤病，病程发展有可能非常缓慢，而且在20世纪50年代末就可以治愈了。他还热心地告诉我，麻风病不总像我们许多人想象的那样（比如像电影《宾虚》中演的那样），会导致患者毁容。

　　船泊好后，船长告诉我们要一小时之内回来。我们迅速买了门票，穿过通往岛内的幽暗隧道。这里没有导游带我们参观，也没有书籍出售，我们可以随便逛，任想象驰骋。现在我意识到，这是那天我体验斯皮纳龙格岛的关键所在。

　　我清楚记得那一刻，我们从黑暗中走入光明，来到那条算作小岛主街的地方。从各个方面来说，那都是具有转变性的时刻。我不禁设身处地地想，一个人第一次站在这条路的尽头会是什么感觉（从1903年开始，麻风病患者就被送到这里隔离）。大多数病人到达此地时，就知道再也不能离开了。

　　小岛风景之美令我惊异。我本以为这地方会更像一座监狱，而非一个友好的希腊村庄。岛上种着一盆盆天竺葵，到处野花盛开，阳光将石头晒得温乎乎的。这里有种我未曾料到的真正的浪漫情调。岛上甚至还有一只猫，当时正在进行修缮工程，我敢肯定，那只亲人的小公猫在防止鼠患方面功不可没，而且它的存在也的确平添一种友好的氛围。

　　我开始四处游走。比起现在的情况，那时这里建筑的毁坏程度要更加严重。我窥视一些小屋（建于奥斯曼时期）的内景，发现了一些我不曾料到的日常生活的留痕：窗框上依然钉着的窗帘碎片；墙壁上斑驳的蔚蓝色油漆；以及后墙凹壁中仍然保留着的架子。偶尔一阵风过，百叶窗便发出吱吱的响声。

　　同克里特岛上任何村庄一样，这里的主街上有一座小教堂，一间面包坊，几家商店，不一而足，一应俱全，而就连这样的基础设施都令我惊讶不已。威尼斯人修的水道保留完好，在20世纪依然可以收集和储存对生活必不可少的雨水，同三个世纪前刚建成时一样发挥着作用。再往前，我看到一座被用作医院的大楼，在街道尽头还看到一座破败的公寓楼，无疑曾是病人居住的地方。

岛上有种极为温暖而愉悦的气氛，而我原本预想，此地会是凄惨与绝望之地，谁承想这里的环境居然出乎人的意料。我意识到，那些麻风病人来到这里不仅仅是等死，也是来生活的。

彼时我正为英国各大报刊撰写旅行文章。显而易见的选择是，我应该写一篇关于斯皮纳龙格岛的短文，标题大约为"克里特岛被遗忘的麻风病隔离区"之类。但我很快打消了这个念头。我脑海中沸腾着各种想法与灵感，用一篇800字的写实文章来概括这个非凡的所在，好像完全不相宜。我想要表达的东西更富有情感和想象力，非新闻报道所能表达。

环岛步行一圈用不了一小时，却足以在我脑子里装满印象与问题。等我们回到起点时，我已经有了一个想法。

我那位皮肤科医生朋友已经清楚地告诉我，并非每位患者都会因麻风病而毁容或肢体残损。即使出现这样的情况，可能也需要几十年时间。因此，就在我们在岛上漫步时，故事的开头已经在我脑海中浮现出来，而那一场景后来成为我接下来要写的小说的核心。

我是这样设想的：假设一个被流放到斯皮纳龙格岛的女患者爱上一位前来为她治疗不治之症的医生，后来她被他治愈。这样的情节会包含一个核心冲突。病治好了，她能摆脱疾病和岛上的囚禁生活，但也会遭受失去心上人的痛苦。这一中心思想推动小说情节发展。当然了，故事还需要进一步扩充。

我们六点钟回到布拉卡，在岛对面遍布鹅卵石的海滩附近戏水，海水清澈至极。我记得身上的水晾干时，感到一阵惬意的清爽。后来我们与朋友再次会合，在村里一家小饭馆进餐，大家共食一大盘龙虾意面。如今想来，记忆犹新，仿佛那天所有经历和记忆都特别强烈而深刻。我还记得吃饭时，我的心思一直在小岛上飘荡。

如今，斯皮纳龙格岛有时会在夜晚亮起灯，但在当时，当天光消逝，夜幕降临时，这座小岛就会隐身，融入茫茫黑夜之中。在我们享用晚餐时，我的思绪不断飘回到那座岛上，飘回到它给我留下的印象中。我决定第二天天亮后再回来；不是过海登岛，只是从远处再看看它。

第二天回到伊罗达后，我买了两小本指南（图片多文字少的那种），一回到公寓就读了起来。指南提供的信息乏善可陈，只描述了岛上的建筑物和斯皮纳龙格岛历史的三个阶段：威尼斯时期、奥斯曼时期以及最后被用来隔离麻风病人的20世纪。我本以为能多了解点儿什么，不免有点儿失望。然而信息有限，才需要发挥想象，于是我的想象力由此开始飞腾驰骋。

找不到需要的事实本会是一种障碍，却激发出我的创造力。这次度假我原本没打算工作，所以连个小笔记本都没带。我只找到一只信封，里面是公寓主人留下的指示（热水怎么用，炉灶怎么开，厕纸不要冲入马桶，推荐的饭馆，最美的海滩等等）。我在信封上潦草地写满了字。假期剩余的时间里我体验到一种满足感，感觉有所收获。至于收获了什么，我也说不清，但我知道自己有一个故事要讲，这让我十分兴奋。我已经三十多年没有写过虚构的故事了（实际上从毕业之后就没有写过）。我研读过很多别人写的故事，自己却一篇都没有写过。

我的第一项工作是找一个了解麻风病的人谈谈。我立即给伦敦卫生与热带医学学院的世界级专家写了一封信，而且很欣慰地收到了回复。黛安娜·洛克伍德博士（现在已是教授了）不仅抽出时间给我讲解，还把她20世纪30年代和50年代用过的一些珍贵教科书借给我。那些书真实反映了我想要描绘的那个时代的人是如何治疗麻风病的，以及人们对麻风病的看法。我逐字逐句细细阅读，每天晚上还把这些极具价值且几乎独一无二的书锁在防火文件柜里。从这些书中我了解到有关麻风病的所有需要知道的知识。

第二年春，我重回布拉卡，租下一个与斯皮纳龙格岛隔水相望的房间。这次我带上了母亲，有她做伴，我可以坐在咖啡馆和饭馆里消磨时光。假如我一个人去，可能会引人瞩目，但有母亲陪着，我们看上去就是来克里特岛度假的两个普通游客。我一句当地话也不会说，这就使我们有种难得的难以接近的感觉。当然了，这也意味着我没有机会向当地人询问，也没法打听当年斯皮纳龙格岛仍然有人居住时村里的生活是什么状况。我只是沉浸在这里的氛围中，观察周围的人。

八月，那一夜

在布拉卡逗留期间，我每天都会乘第一班船到斯皮纳龙格岛上去。船夫一定觉得我很奇怪，他微笑着卖给我一张票，什么也不问，有几次连钱都没有收。也许他们以为我在岛上曾有个去世多年的亲戚。这种情况下，不会说当地语言绝对是个优势。

每参观一次，我对这个独特小岛的爱就更深一层，为角色和故事发展提供的思路也越多。布拉卡在我头脑中留下深刻的印象，而看到对岸上小小人影在移动，也使脑海中构思的小说更加紧张激烈。

我拟出了一个颇为详细的大纲，心中想着两个关键的历史时期：德军入侵克里特岛的时间和麻风病最终治愈的时间。我还想塑造一个家庭中的两代患者，以及因为被隐瞒而不了解祖辈麻风病史的下一代人。

写好故事大纲和一个样章后，我发给好几家英国出版社。其中几家拒绝了我的写作计划，表示他们喜欢希腊小岛上发生爱情故事这一构思，但认为麻风病题材不仅不适合创作，而且缺少商业价值。后来，这一写作计划偶然放到了年轻编辑弗洛拉·里斯的桌上，她立即理解了故事的内容和基调，而且从此之后，我创作的所有小说都是由她编辑的。弗洛拉的童年时光大半都在非洲度过，因为她父亲是一位热带病医生。她清晰记得父亲去看望麻风病人的那些日子，以及由此而引发的焦虑，尽管当时这种病已经可以治愈。像许多与麻风病有密切联系的人一样，弗洛拉意识到，即便只是提起麻风病，人们的反应也颇为奇怪。

大约一年后，小说完成，并在英国出版，不久后，又在希腊、

One August Night

挪威、以色列相继面世,最终超过三十五个国家出版了这本书。在希腊出版大约一年后,希腊的超级频道(Mega Channel)电视台提出要将小说改编为 26 集电视连续剧。此前,世界各地已有不少制片人和导演与我接洽,均被我婉拒,因为我不太相信他们有能力(和愿望)在描绘麻风病患者时表现出应有的尊重,担心他们有可能会将麻风病人塑造得形象丑怪。然而,超级频道允许我全面参与制作,创作拍摄这部电视剧的两年时间激动人心,拍出来的成果既优美,又感人。

拍摄过程中,当地群众给予制作团队全力支持,许多上了年纪依然记得斯皮纳龙格岛真实故事的人在虚构的版本中扮演角色,其中一位尤为特殊。86 岁的马诺利·富恩杜拉基斯曾经罹患麻风病,现居住在布拉卡的村子里。他全力参与拍摄,为制作团队的所有成员提供了非凡的见解、智慧和友谊。他在剧中斯皮纳龙格岛上的最后一幕中出场,当时所有病人都已治愈,要离开这座小岛。作为一位被治愈的麻风病患者,他在剧中就扮演一位被治愈的麻风病患者。

艺术与现实以一种难以言喻的方式结合在一起,我相信,这两者的融合就是电视剧版《岛》的魅力所在,也是希腊观众反响如此热烈的原因之一。每周一晚上十点钟这部电视剧播放的时段,大街小巷变得异常寂静,创下了希腊电视连续剧的最高收视率纪录。

创作这部小说给我带来了许多新机会,而且不仅是作为作家。我成为慈善机构麻风病救济协会(Lepra)的大使,该协会致力于

维多利亚·希斯洛普与马诺利·富恩杜拉基斯

减轻世界各地麻风病患者的痛苦。让人难以置信的是,现在每年仍有三十多万新增病例,主要集中在印度和孟加拉国。我帮助麻风病救济协会筹集资金,用于该病的研究和治疗。

最近,我遇到一件开心事——2020年7月,我被希腊总统授予希腊荣誉公民的身份。官方公告中说,这是为表彰我宣扬了现代希腊历史和文化,包括斯皮纳龙格岛的历史。

小说有时有自己的生命,读者以自己的方式解读其意义与内容,在阅读时带入个人的希望、恐惧与情感。即使是作家本人,也常常会生出"后来发生了什么?"这样的疑问。大多数小说的故事多为开放式结局,也应该如此。在小说《岛》中,在一个盛大的欢庆之夜,发生了一起具有毁灭性的事件,彻底改变了一些人的生活。我尤其关注的是三个与安娜有关的男人,以及她的妹妹玛丽亚。在《八月,那一夜》的结尾,玛丽亚面临着一个重大的两难选择。

写这部新小说让我意识到,一个故事除非结局皆大欢喜(或像希腊悲剧那样,几乎所有人都丧命),否则,作为一名作家,打开一扇暂时关闭的门,并再次踏入其中,总会兴奋不已……

最后说一点:写完《岛》之后的这些年里,我对希腊语言和文化的了解有所加深。有些火眼金睛的读者会留意到,为准确起见,书中对某些希腊名字和单词的英语拼写进行了细微的修订。

维多利亚·希斯洛普

2020 年 10 月

致谢

感谢以下人士：

感谢伊恩、艾米莉、威尔、米里亚姆和科林在疫情防控期间给予我所有的爱。感谢玛丽·埃文斯和海德兰出版社（Headline）的团队，他们是我杰出而坚定的出版商，特别感谢弗洛拉·里斯。

感谢乔纳森·劳埃德和柯蒂斯·布朗经纪公司（Curtis Brown）的团队，他们是我生机勃勃、精力充沛的文学代理人。感谢艾米莉·希斯洛普和福蒂妮·皮皮，感谢她们的火眼金睛。

关于麻风病的说明

21 世纪的麻风病

麻风病由麻风分枝杆菌引起，在症状出现之前，病菌可能会在感染者体内潜伏一到二十年不被察觉。麻风病影响手、脚和面部的神经，会导致患者的痛感和手指、脚趾以及眼皮的活动能力下降甚至丧失。因此，许多麻风病患者容易被烧伤或遭受其他伤害，从而导致严重感染，最终失去手指、脚趾和视力。此外，对麻风的免疫反应往往会引起剧烈疼痛并导致残疾，这些反应在治疗前、治疗中和治疗后都有可能发生。

尽管麻风病在欧洲已被根除，但在发展中国家依然是一个严重的健康问题，每年仍会诊断出数十万新增病例。而考虑到麻风病患者普遍遭受来自家庭和社会的偏见与歧视，许多病例并未正式记录在案。尽管现有的抗生素治疗是有效且免费的，但由于担心遭受歧视，依然有很多受感染者不敢前来诊断。不幸的是，诊断越晚，造成严重残疾的可能性就越大。

麻风病救济协会（Lepra）

维多利亚·希斯洛普是麻风病救济协会的大使。该协会是一家致力于消除麻风病及其引发的歧视的国际慈善机构。协会直接与孟加拉国、印度、莫桑比克和津巴布韦的麻风病患者合作。这些国家的麻风病例占全球总病例的三分之二。

麻风病救济协会致力于麻风病患者的治疗、康复，并为其发声，是世界上研究该问题的权威机构之一。

该协会是一个非宗教性慈善机构，不分信仰，面向所有人。

麻风病救济协会推广了最早的麻风病治疗方法——氨苯砜疗法，而且自1924年以来，协会一直倡议让麻风病患者留在自己的社区，而不是将其送到麻风病人集居区或隔离区。

由于该协会具有诊断、治疗和支持因病致残的患者进行康复的技术，当今社会对麻风病救济协会的需求还相当之大。